NOUVELLE BIBLIOTHÈQUE ILLUSTRÉE

LES ÉMOTIONS
DE
Polydore Marasquin

PAR

LÉON GOZLAN

NOUVELLE ÉDITION

ILLUSTRATIONS
DE
G. Fraipont et E. Mas

PARIS
A LA LIBRAIRIE ILLUSTRÉE
7, RUE DU CROISSANT, 7

SCEAUX. — IMPRIMERIE CHARAIRE ET FILS.

LES ÉMOTIONS

DE

Polydore Marasquin

PAR

LÉON GOZLAN

Illustrations de FRAIPONT et MAS

PARIS

A LA LIBRAIRIE ILLUSTRÉE

7, RUE DU CROISSANT, 7

I

Origine de mon nom de Maresquin. — Erreur, à cet égard, de mon ambitieux grand-père Nicolas Maresquin. — Profession de mes aïeux, honorable, mais pleine de dangers. — C'est aussi la mienne. — Un tigre me prive de mon père, dont je continue le commerce à Macao, sur le littoral de la Chine. — Ma tendresse pour les animaux et mon art de les empailler. — Tour terrible qu'ils me jouent. — Quelques mots intéressants sur les pirates malais, plus indomptables encore que mes animaux. — Les stations anglaises fondées pour les détruire, mais elles-mêmes détruites par la fièvre jaune et autre chose que nous dirons. — Le vice-amiral Campbell et sa ménagerie. — Ce qu'elle renferme de curieux et de rare au moment de ses achats. — Babouins et chimpanzés. — Passions et rivalités. — Un singe méchant comme un homme. — Ma maison brûle. — La jonque chinoise. — Ce qui m'arriva à la suite d'une grosse tempête.

I

Je suis né à Macao, en Chine, dans ce qu'on appelle aujourd'hui les Indes portugaises.

Je descends de l'un de ces braves aventuriers qui partirent audacieusement de Lisbonne vers la fin du XVe siècle, pour aller conquérir les Indes sous les ordres du célèbre Vasco de Gama.

Si j'ai quelque raison de m'honorer ici de la certitude de ma généalogie, je n'ai cependant aucun motif plausible pour me croire issu d'un de ces nobles fils de famille, attachés par le seul lien de la gloire à la fortune de leur illustre chef. Mon grand-père a bien prétendu quelquefois que notre nom de Marasquin venait, par corruption, de Mascarenhas, un des plus grands noms parmi les Portugais qui suivirent Vasco de Gama des bords du Tage à l'extrémité de l'Asie; mais j'ai toujours eu des doutes sérieux à cet égard.

D'ailleurs lui-même, mon digne grand-père, Nicolas Marasquin, ne fut jamais, à ma connaissance, qu'un laborieux commerçant établi à Macao. Son fils aîné, mon père, Juan Perez Marasquin, ne fut jamais autre chose. Je dois à ce dernier le témoignage de dire qu'il borna toute sa vanité pendant sa vie, trop courte à mon vif regret, à passer pour honnête homme, bon catholique et loyal marchand d'oiseaux.

C'était là sa profession; je n'en rougis pas, quoique certaines personnes aient cherché, par ignorance ou par jalousie, à la ravaler au rang de celle de marchand de gibier et de volailles de basse-cour.

On aurait même tort, sans la descendre aussi bas, de restreindre cette profession qui, plus tard, fut aussi la mienne, à la vente banale des oiseaux, telle qu'elle se pratique en Europe, à Paris ou à Londres. Mon père tenait, dans sa vaste ménagerie, l'une, il est vrai, des mieux fournies des Indes portugaises, toutes sortes d'animaux rares et curieux. Sumatra, Java, Bornéo, la Nouvelle-Guinée, étaient représentés chez nous par les échantillons les plus bizarres et les plus recherchés des êtres qui peuplent leurs forêts à peu près impénétrables. C'est une branche fort lucrative de commerce. On connaît le goût des colons européens établis aux Indes et la passion presque insensée des Chinois pour ces produits si intéressants de l'histoire naturelle.

Mon père ajoutait à la vente des animaux vivants celle des animaux empaillés, et ce n'était pas la moins productive de ces deux industries. Il m'avait donné des leçons dans cet art savant et délicat de restituer aux oiseaux et aux quadrupèdes morts la forme et les habitudes qu'ils affectent pendant la vie. Grâce aux conseils de cet excellent démonstrateur, j'acquis en taxidermie une remarquable habileté; et l'on verra plus loin, si l'on daigne lire ce récit de mes aventures, que je dus à cette utile et belle science d'échapper à la fin tragique dont j'étais menacé.

Notre maison prospérait depuis plus d'un siècle à Macao. Mon père, en la recevant comme héritage, l'agrandit encore; et par les soins intelligents de la femme bonne, économe et dévouée qu'il épousa, il parvint à en faire le meilleur établissement dans ce genre particulier d'industrie.

Mais si cette industrie rapporte, ainsi que je viens de le dire, d'assez beaux bénéfices, en revanche elle est difficile, périlleuse, et souvent meurtrière, comme je n'ai eu que trop l'occasion de l'éprouver. Elle s'exerce à des conditions que beaucoup de personnes ignorent. Il ne suffit pas uniquement d'acheter à bon marché et de revendre avec avantage dans le commerce des animaux. Il faut se procurer vivants ceux avec lesquels on veut opérer de bonnes ventes. De

là l'indispensable nécessité d'être à la fois marchand et chasseur, ou plutôt d'être chasseur avant d'être marchand.

Mon père allait donc lui-même à la chasse des animaux dont s'alimentait son commerce, commerce laborieux que j'appris à mon tour en l'accompagnant tantôt sur les côtes de la Chine, tantôt dans les jungles de l'île de Hai-nan, si riche en bêtes fauves; tantôt jusqu'au Japon, malgré les obstacles et les périls d'une navigation bravement entreprise sur des barques mal construites, malgré les pirates malais, véritables requins qui engloutissent tout ce qu'ils trouvent sur leur passage; malgré les supplices qui attendent ceux que les Chinois et les Japonais surprennent sur leur territoire inviolable.

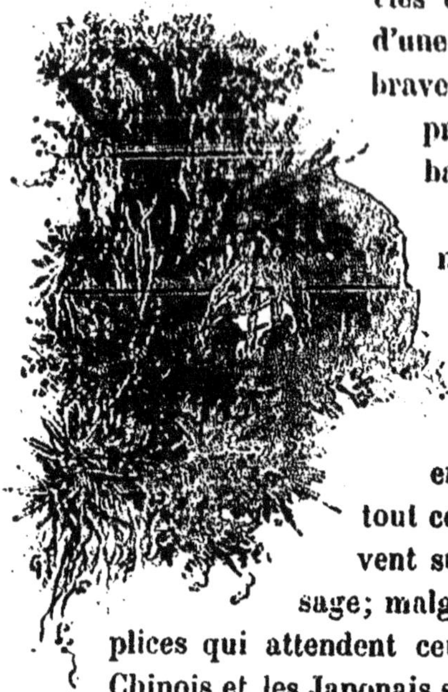

Mon père rapportait de ces expéditions lointaines, et j'en rapportai plus tard avec lui, des panthères, des tigres, des boas, des léopards, et surtout d'innombrables espèces de singes. Ce fut dans l'une de nos dernières chasses sur les bords de l'île Formose, que

mon père, assailli par un jeune tigre qu'il était sur le point d'envelopper d'un filet, afin de s'en emparer tout vivant, eut la moitié de l'épaule et une partie de la cuisse emportées d'un coup de griffe.

de m'en rapporter d'inconnues aux latitudes des Indes. Sachant, par expérience, que le luxe éblouit les yeux et attire par conséquent l'attention des acheteurs, je rajeunis la physionomie de mon bazar. Le bronze et la dorure relevèrent la simplicité jusque-là un peu trop nue de mes cages. Une propreté anglaise régna dans toutes les parties de l'établissement, que j'éclairai au gaz, nouveauté étourdissante pour Macao.

Ici je dois signaler un trait particulier de mon caractère.

A mon début dans la profession d'oiselier, j'aimais beaucoup les animaux, d'abord par un effet de mon organisation bienveillante, ensuite comme un résultat naturel des études suivies que j'avais été appelé à faire sur leurs formes, leur expression, leurs mouvements, leurs habitudes, leurs mœurs, leurs instincts, leurs passions, leur intelligence, leurs sympathies et leurs antipathies, leurs caprices, leurs maladies, leur affinité plus ou moins prononcée avec l'homme, et mille autres attributs essentiellement propres à leur nature, qui est peut-être encore plus obscure et plus mystérieuse que la nôtre.

J'avais même poussé si loin mes observations sur ces êtres que nous avons pour voisins de cages dans la vaste ménagerie du monde, que je reconnaissais facilement ceux dont les aptitudes instinctives correspondaient aux nôtres, et qui auraient fait, par exemple, des avocats, s'il y en avait parmi les singes : ceux-là gesticulaient, péroraient, apostrophaient toujours; je reconnaissais ceux qui auraient été médecins : ceux-là s'occupaient constamment de l'état physique des autres; ils leur regardaient la langue, le fond de la bouche, l'intérieur des yeux; ceux qui auraient fait aussi des comédiens : ceux-là grimaçaient, jouaient et dansaient du matin au soir; ceux qui seraient devenus astronomes : ceux-là s'arrangeaient pour avoir invariablement le soleil levant au bout du nez; je reconnaissais avec la même infaillibilité d'appréciation ceux qui auraient du goût pour le commerce : ceux-là ramassaient tous les fruits, toutes les graines tombées des mains négligentes des autres et les entassaient dans un coin. Je distinguais pareillement les avares, les prodigues, les crânes, les bravaches, les bons pères de famille, les bonnes mères, les mères coquettes, les mauvais fils; mais particulièrement toutes les nuances de voleurs, depuis le filou de bonne compagnie, le grec de salon, jusqu'à l'assassin de grande route. J'aurais dit : « Voilà un singe qui roulerait en voiture s'il avait une cravate blanche; en voilà un autre qui serait pendu s'il portait un habit noir. »

J'aimais donc encore plus mes pensionnaires à titre de naturaliste, de peintre, de médecin, de philosophe, qu'à titre de marchand. J'avais fini, à force de pénétration, par lire dans leurs yeux leurs désirs, leurs besoins et leurs pensées, et par converser avec eux. A coup sûr, j'aurais atteint dans cette étude psychologique une hauteur inconnue aux plus habiles naturalistes de tous les muséums d'Europe, si l'accident funeste à la suite duquel avait péri mon père n'eût tout à coup ralenti ma passion pour les animaux. Dans chacun d'eux il me fut impossible de ne pas voir un complice du tigre qui l'avait tué. Cette antipathie, de jour en jour plus vive, fut cause que je les négligeai d'abord, pour les punir ensuite avec plus de sévérité qu'auparavant. Ils s'en aperçurent, car les animaux ont peut-être plus que nous l'instinct des bons et des mauvais traitements, et alors ils me rendirent en haines et en rancunes les rigueurs que j'exerçais quelquefois sur eux avec trop de vivacité. Ils devinrent méchants, vindicatifs; je devins inflexible. La lutte s'établit entre eux et moi; elle s'enflamma graduellement au point que je finis par ne pouvoir plus les gouverner que par les menaces et la baguette de fer. Il en résulta ceci : c'est que si, pour les punir et les dompter, je n'en fis plus sortir aucun de sa cage, je n'osai plus, de mon côté, par prudence, entrer dans la cage d'aucun d'eux. De part et d'autre ce fut un état permanent de colère et d'hostilité. Il n'est sorte de mauvais tours qu'ils ne me jouassent. Le dernier qu'ils osèrent fut si cruel, si terrible, que si je le passais sous silence, je rendrais inintelligibles la cause et la fatale origine de mes prodigieuses Émotions. Un seul s'en rendit coupable, mais tous y contribuèrent par leur universelle animosité contre moi. Je vais donc raconter l'effroyable vengeance dont je fus victime de la part de ces redoutables animaux.

Le vice-amiral Campbell, qui commandait alors la station navale anglaise de l'Océanie, était dans l'usage, chaque fois qu'il relâchait à Macao, de visiter mon bazar et de m'acheter pour ses volières et sa ménagerie de bord, soit des perruches, soit des oiseaux de l'île de Luçon, soit de jeunes tigres apprivoisés, qui servaient ensuite à son amusement pendant la traversée d'une île à l'autre et pendant le séjour qu'il était obligé de faire quelquefois des mois entiers à l'ancre dans un mouillage ennuyeux et maussade.

Je crois utile de dire ici quelques mots sur l'importance des stations anglaises dans les eaux de la Chine et de l'Australie. Leur but, qu'elles n'atteignent pas toujours, est de protéger le commerce et la vie des Européens dans des parages infestés de pirates chinois et malais, race jaune, infinie et terrible. Ces redoutables serpents de mer, qui sont à l'Océanie ce qu'étaient jadis les Algériens au bassin de la Méditerranée, ne reconnaissent sous le ciel aucune autorité : ni celle de l'empereur de la Chine flanqué de ses mandarins, ni celle des sultans répandus sur quelques grandes îles, comme Bornéo et Mindanao, ni celle des vice-rois anglais et hollandais, délégués par leurs nations puissantes, — puissantes sans doute, — mais trop éloignées pour faire respecter leur pavillon. Les pirates de la Malaisie bravent tout, et ils sont partout. L'archipel de Soulou, qui compte cent soixante îles, n'est peuplé que par eux. A jour nommé, ils vomissent des flottes de cinq cents jonques, hérissées de cinq mille matelots. Et ils s'embusquent à tous les coins. Le butin qu'ils volent, ils le partagent entre eux, et les prisonniers qu'ils font, ils ne les rendent que moyennant rançon; plus ordinairement ils les tuent. Ils ont quelquefois poussé l'audace jusqu'à opérer des descentes au milieu des plus grands centres commerciaux, tels que Sumatra et Java. Un jour ils ont osé venir acheter de la poudre et des boulets à Macao, qui se vit forcé de leur en vendre; ils

sont indestructibles : ils durent depuis des siècles, ils dureront encore des siècles.

C'est pour protéger leurs nationaux contre les poignards empoisonnés de ces fourmilières de bandits, que les Anglais, ainsi que je l'ai énoncé plus haut, envoient constamment des vaisseaux sur des milliers de points du littoral de la Chine et sur les interminables côtes qui la bordent.

Ces vaisseaux sont souvent contraints de demeurer des années entières devant les localités menacées de la visite de ces écumeurs de mer. Alors les officiers s'établissent à terre; ils élèvent des tentes; ils construisent même des groupes de maisons, où ils se logent avec leurs familles.

Ces sortes de campagnes navales sont fort redoutées des marins anglais, réduits à lutter à la fois contre les tempêtes, les pirates malais, les fièvres de toutes les couleurs et surtout contre l'ennui de la station; l'ennui! cette fièvre jaune de l'esprit.

Le vice-amiral Campbell, qui commandait, comme je l'ai déjà dit, une de ces stations, avait arboré son pavillon sur la belle frégate *Halcion*.

Il se préparait à quitter la rade de Macao le jour où il vint avec tout son état-major, capitaines, enseignes, commandants et officiers de tous grades, parcourir ma ménagerie.

Beaucoup de ces messieurs avaient conduit leurs femmes, d'où je conclus que la prochaine station serait longue.

Justement j'avais reçu depuis peu de temps une collection considérable d'animaux; mon établissement méritait en ce moment l'attention des savants et des amateurs. Outre mes volières, riches en oiseaux de tous les climats, je possédais en quadrupèdes : des algazels d'Égypte, des bisons du Missouri, plusieurs chèvres bleues, douze ou quinze fourmiliers, des jaguars, des léopards du Sénégal, des loutres, des ours marins, des panthères noires, des pasans, des rennes du Canada, des rhinocéros unicornes, des vigognes du Brésil, des lions du Bengale et un magnifique choix de tigres.

J'étais surtout très bien fourni en singes. J'en avais d'espiègles, de méchants, de rusés, de farouches, de graves, de pensifs, de sinistres, de spirituels, de stupides, de mélancoliques, de grotesques. J'avais des jockos, des gibbons, des babouins, des papions, des mandrills, des ouenderous, des guenons, des macaques, des patas, des malbroucks, des mangabeys, des moustacs, des talapoins, des doucs, des magots. Parmi tous ces singes, quatre se disputaient particulièrement la curiosité des gens en très grand nombre qui visitaient cette galerie.

D'abord deux babouins d'une force et d'une férocité sans égales; grands tous deux comme des hommes, intelligents comme des hommes, j'allais ajouter méchants comme des hommes. Ils secouaient leur cage à la briser; souvent ils la renversaient, et, au fort de la colère, ils tordaient, comme s'ils eussent été de cire, les barreaux de fer à travers lesquels ils insultaient le monde. Pourquoi faisaient-ils les délices des spectateurs? Est-ce parce qu'ils étaient supérieurement cruels? J'ai peur de le croire.

Les deux autres singes qui se partageaient les sympathies des visiteurs, étaient l'un un chimpanzé mâle, l'autre un chimpanzé femelle; même jeunesse, même grâce. Le chimpanzé était doux comme une jeune fille, délicat, sensible, comprenant tout, allant aussi près des limites de l'intelligence qu'il est donné à un être privé du rayon divin de l'âme. Il aimait les enfants, jouait avec eux, et il se montrait si passionné pour la musique, qu'il oubliait de manger quand il entendait les sons d'un instrument.

Il remplissait auprès de moi l'office d'un

panzé mâle celui de Mococo, au chimpanzé femelle celui de Saïmira.

Mococo aimait beaucoup Saïmira et Saïmira de son côté aimait beaucoup le charmant Mococo; premier amour naïf et plein de fraîcheur, intéressant à suivre comme étude de cœur et mouvement de la pensée chez des êtres placés temporairement entre l'homme et le singe; êtres étranges qu'un effort du génie rangera peut-être un jour dans la classe des hommes, dont ils ne sont séparés que par une feuille transparente. L'éclair électrique brisera cette cloison et l'humanité comptera une famille de plus.

Karabouffi premier avait aussi un amour obscur et terrible pour Saïmira. Rien ne se compare à la jalousie noire du babouin. Lorsqu'il voyait passer devant sa cage les deux jolis chimpanzés, qui jouissaient de la liberté de circuler dans les galeries du bazar, ses ongles d'acier se roidissaient comme des crampons, ses yeux lançaient des bordées d'éclairs et de malédictions, ses lèvres bleues se crispaient, ses dents entraient les unes dans les autres. L'épouvante planait sur la ménagerie. Les lions et les tigres mêmes réfléchissaient. Je croyais voir Néron rôdant autour de Britannicus et de Junie.

Il n'est pas un de ces animaux d'ailleurs qui ne me rappelât point par point tous les caractères, tous les désirs, toutes les passions des hommes sur une échelle infinie. Je demeurai convaincu avec Buffon, qui a écrit tant d'admirables pages sur les animaux, que si, au lieu de les battre, de les maltraiter et de les faire constamment souffrir, nous les étudiions, nous nous occupions d'eux avec intérêt, nous pénétrerions dans un monde immense et inexploré d'idées et de sensations où nous n'avons pas encore mis les pieds.

Le vice-amiral Campbell fut si satisfait des grimaces, de la gentillesse, de la bizarrerie, et il faut bien le dire aussi, de la férocité de mes pensionnaires, qu'il m'acheta sur-le-champ un singe et une guenon. Aussitôt chaque officier, par déférence, me prit pareillement une guenon et un singe.

Je l'avoue, je ne tenais pas du tout à me séparer de Mococo et de Saïmira, car il fallait les vendre tous les deux ou les garder tous les deux ; mais la femme du vice-amiral Campbell mit tant d'insistance à les avoir, que je finis par les lui céder. Je savais, du reste, que milady en aurait soin comme moi-même. Toutefois je l'engageai beaucoup à ne jamais les laisser à la portée de leur persécuteur, Karabouffi premier. Elle me le promit, et je lui abandonnai avec confiance mes deux pauvres chimpanzés, qui me parurent encore plus affligés que moi de notre séparation. Ils m'embrassèrent comme deux enfants, et leurs petites larmes coulèrent sur mes mains. Je fus sur le point de les reprendre ; mais j'étais marchand : il faut vendre ; l'intérêt l'emporta.

Comme tous ces messieurs de la station et leurs dames achetaient, ainsi qu'on l'a remarqué sans doute, tous mes animaux par paires, il arriva que, ne possédant mes familles de singes qu'en nombre incomplet, il me resta un des deux babouins, Karabouffi second, lequel, faute de son antagoniste femelle, fut condamné à ne pas sortir de la ménagerie. Cette situation l'irrita au point qu'il se mit à pousser des gémissements de rage et de fureur quand il vit partir tous ses compagnons de cage.

Ceux-ci, à leur tour, prenant en pitié le sort de leur camarade resté captif derrière les barreaux de fer, jetèrent des cris féroces et ne voulurent pas se laisser emporter sur les vaisseaux de la station. Il fallut employer le fouet et la rigoise pour les conduire à bord.

Macao s'émut de l'événement. Pourtant force demeura à la loi. Tous les singes furent embarqués.

Rien ne donnerait une idée, aucune parole, aucune peinture, du regard pourpre et sombre que m'allongea le babouin solitaire quand je rentrai au bazar après le départ de ses compagnons.

La vengeance de l'homme le plus haineux, le plus irrité, n'a jamais condensé autant de menaces dans ses yeux que j'en lus dans ceux du babouin. J'y vis du sang, j'y vis le mien.

Cette vente de singes, sur laquelle j'avais réalisé d'énormes bénéfices, avait eu lieu depuis près d'un an, quand une nuit je m'éveillai horriblement suffoqué par une fumée épaisse qui semblait jaillir des fentes du plancher de ma chambre. Ce plancher, de bois fort mince, s'étendait au-dessus de la ménagerie. J'étouffais. Ce fut avec une peine infinie que je me levai et me dirigeai vers la croisée. Je l'ouvre, j'ouvre partout pour ne pas mourir asphyxié, ainsi que ma mère, couchée dans la chambre voisine. Mais dès que l'air eut pénétré, ce ne fut plus de la fumée, ce furent des flammes qui sortirent des fentes du plancher, du plancher croulant, embrasé, et qui enveloppèrent du haut en bas toute la maison. L'incendie la dévorait. Ma première pensée fut de courir vers ma mère. Il était trop tard ! L'arrière-pièce dont elle avait fait sa chambre avait été envahie la première par la fumée, et la fumée avait tué ma pauvre mère dans son sommeil avant qu'elle pût appeler à son aide. On m'arracha de cette pièce où je voulais mourir. Des voisins m'emportèrent. On me déposa dans la rue, sur un banc de pierre. C'est de cette place que je vis brûler tout mon établissement. Par la porte renversée, par l'entrée béante du bazar, qui me parut un soupirail de l'enfer, je fus témoin d'un spectacle que je n'oublierai jamais.

Au milieu des flammes qui rôtissaient mes plus beaux oiseaux et où se tordaient avec des hurlements épouvantables mes superbes tigres, dont personne n'osait approcher pour tenter de les soustraire à cette combustion infernale, le babouin dansait, ricanait, batifolait et piétinait avec une joie hideuse, un brandon enflammé dans chaque main. Son attitude, ses regards cyniques, tout dans son effroyable expression faisait suffisamment comprendre que l'auteur de l'incendie c'était lui ; lui qui, dans une nuit de vengeance longtemps méditée, avait dû se procurer les allumettes chimiques avec lesquelles il avait vu, le soir, le gardien allumer le bazar ; lui qui avait ensuite brisé ses chaînes, ses barreaux, avait tourné le robinet de gaz et l'avait embrasé après l'avoir fait sortir à

pleins jets du tuyau. C'était là la vengeance suprême du terrible babouin Karabouffi second[1].

1. Cet événement atteste combien M. Polydore Marasquin avait, par l'étude et le travail, civilisé

On le tua d'un coup de fusil au milieu de l'incendie. Je n'en étais pas moins ruiné ; je n'en avais pas moins perdu mon excellente mère.

Sous le poids de tant d'afflictions et de tant de misères, je résolus de renoncer à ma profession, à mon commerce d'oiselier, me souvenant un peu tard des conseils de mon père. Pendant plus de deux ans je cherchai à trafiquer avec les ivoires, les plumes et les pelleteries; mais n'étant pas versé dans ces sortes de négoces, je n'obtins que des bénéfices médiocres, et je n'entrevis pas l'espoir d'en réaliser de bien grands dans l'avenir. Puis cette vie, moins active que la première, me revenait toujours à l'esprit par le fait impérieux de l'habitude et l'entraînement de mes études en histoire naturelle. Les dangers mêmes qu'elle offre, et dont j'ai parlé plus haut, me la faisaient beaucoup regretter. Enfin, après bien des hésitations, je me déterminai à la reprendre. J'étais encore jeune;

ses pensionnaires; car les singes, chacun le sait, éprouvent une horreur instinctive pour le feu.

il me restait quelques milliers de piastres placés en rentes chez M. Silvao, banquier à Goa ; je pouvais remonter ma maison ; mais il me fallait pour cela entreprendre deux ou trois voyages aux îles de l'Océanie, où se trouvent les grands chasseurs des bêtes fauves et des oiseaux de proie, et où je comptais aussi moi-même chasser avec eux à travers les bois et les marécages. C'était une résolution dure, aventureuse : je n'avais pas d'autre moyen de reconstituer mon établissement de Macao. Je m'arrêtai donc, je le répète, à ce parti. Je pris bientôt congé de mes parents, de mes nombreux amis, et je fis les derniers préparatifs du départ. Je ne crois pas devoir omettre de dire que j'avais nolisé une jonque chinoise pour mon propre compte, et que je l'avais à ma disposition pendant une année entière. Ma première destination était la Nouvelle-Hollande, cette île immense, grande comme un continent, et où j'étais sûr, d'après les relations des voyageurs, de rencontrer les animaux les plus puissants, les plus variés et les moins connus de la création.

Je fis voile sur ma jonque chinoise le 3 juillet 1850, plein de confiance en Dieu et après avoir accompli tous mes devoirs religieux auprès des pères lazaristes, qui ont, comme on sait, leur principale maison de missions à Macao, mon berceau natal.

La jonque chinoise sur laquelle j'étais monté ne rachetait pas sa lourdeur par une grande solidité. C'était une vieille jonque, fatiguée à l'excès par de nombreux voyages en Corée et au Japon, qui avait pu résister autrefois aux gros temps, mais qui, par cela même, n'offrait guère plus qu'une membrure ébranlée et qu'un doublage peu rassurant, quoi qu'en dît maître Ming-Ming, son trop indulgent capitaine.

Mon premier point de débarquement étant la Nouvelle-Hollande ou l'Australie, nous mîmes le cap droit au sud en quittant Macao.

Pendant huit jours, nous fûmes favorisés par un vent qui nous poussa en plein dans cette direction. Aussi nous trouvâmes-nous bientôt au milieu de l'archipel des Philippines, malgré le peu d'ensemble qui régnait dans les manœuvres de l'équipage, composé de huit Chinois, de huit Malais et de huit Portugais, trois nations en horreur profonde les unes envers les autres, se détestant autant que se détestaient autrefois les Génois et les Corses, et, de même que les Corses et les

Génois, terminant toutes leurs disputes par l'arbitrage du couteau.

Par le travers de l'île Mindanao, et au moment d'entrer dans la mer des Célèbes, une voie d'eau se déclara, et comme pour nous faire expier le beau temps dont nous avions joui jusque-là, le ciel s'assombrit et se chargea d'un pôle à l'autre de grains orageux.

Pendant dix jours, nous luttâmes pour franchir le détroit de Mindanao. Le vent et

haut, la conduite et l'humanité de ces in-

domptables brigands. Cette révélation m'épouvanta, je ne le cacherai point; mais je dissimulai mes terreurs. Seulement, je chargeai deux pistolets et j'en mis un dans chacune de mes poches.

On ne pompait toujours pas, et l'eau montait sans cesse dans la cale. Moins bons marins que les Chinois et les Malais, les matelots portugais de la jonque furent effrayés à la fin du sort qui nous menaçait tous. Ils parlèrent de relâcher. Les Malais et les Chinois s'y opposèrent. Leur volonté l'emporta. Cela suffit pour me confirmer dans la pensée que je ne m'étais pas trompe en les considérant comme d'anciens pirates, à ce titre, peu jaloux de se montrer dans quelque port soumis à une police régulière.

D'ailleurs, où relâcher? où nous trouvions-nous, d'abord, étions-nous en deçà ou au delà de l'équateur? courions-nous dans la direction du détroit des Moluques ou de celui de Macassar?

Ce n'est pas maître Ming-Ming, plus fort sur l'art de fumer de l'opium que dans celui de conduire un vaisseau, qui nous eût répondu. Le ciel était noir, le vent nous arrachait par lambeaux nos grandes voiles de bambou, et nous descendions de plus en plus sous l'eau.

C'est quand il ne fut plus possible de vaincre le danger que ce ramassis de matelots croisés de forbans commença à se raviser. L'instinct de conservation s'éveilla. Il était trop tard. Ils tentèrent de vider l'eau amassée dans le ventre de la jonque : les pompes ne purent plus fonctionner. La peur saisit alors ces bandits à la gorge, et tous, Malais, Portugais et Chinois, cherchèrent avidement une terre à l'horizon, dussent-ils y être pendus comme pirates en y posant le pied. Pendant ce temps-là, que faisais-je, moi? Je continuais de mettre à l'abri de l'invasion de l'eau mes bonnes armes de chasse, mes filets, et les nombreux engins avec lesquels j'avais quitté Macao, dans l'espoir de remonter ma ménagerie. Au fond, à quoi bon tous ces soins? Étais-je destiné à sortir de la position critique où j'étais ?

Le vingt-huitième jour de navigation, nous n'eûmes plus d'autre ressource que celle de nous livrer corps et bien à la discrétion de la tempête. Maître Ming-Ming abandonna la jonque à elle-même. Je ne crois pas, quoique j'aie assisté à bien des ouragans sur la côte du Japon, pendant que je voyageais avec mon père, que jamais le ciel et les eaux aient été plus effroyablement remués. La vieille jonque bondissait sur la lame comme une balle élastique sur le parquet.

Après trois journées d'angoisses passées entre la vie et la mort, nous aperçûmes un point noir comme de l'encre, qui se détachait sur la bande livide de l'horizon. Les Malais, dont les yeux ont une pénétration infaillible, affirmèrent que c'était la terre. Nous y courions de toute la violence d'un vent infernal. La nuit étant presque aussitôt survenue, nous n'eûmes pas le temps de calculer si, lorsque la lumière du jour reparaîtrait, nous aurions atteint ou dépassé cette terre. Quelle nuit! Nous n'avions plus ni voiles, ni mâts, ni gouvernail, et la jonque se fendait de toutes parts.

II

Naufrage. — J'y échappe seul. — Ile inconnue. — Une forme humaine m'apparaît. — Une pluie de singes. — Je reçois une grande volée de coups de rotins, que les Indiens appellent rotang. — Par qui m'est-elle donnée? — Danger que court un être intelligent. — Il est sauvé par sa cravate. — La soif me dévore. — Je trouve de l'eau. — Nous sommes quatre mille à boire. — Moyen ingénieux de cueillir des fruits à la cime d'un arbre de cent cinquante pieds de haut. — Deux valets de chambre comme il y en a peu à Paris. — J'échappe par miracle à leurs bons soins. — Une nuit entre un boa et une chauve-souris de plusieurs pieds d'envergure. — Esprit des huîtres, génie des singes.

II

Enfin le jour paraît! Nous regardons!... la terre n'était qu'à un quart de mille. Mais ce quart de mille était une chaîne d'écueils tout blancs de l'eau qui s'y brisait comme du verre, s'y pulvérisait avec furie, et se vaporisait ensuite dans l'espace avec la ténuité de l'éther. Impossible de ne pas se briser comme elle sur ces pointes couvertes d'écume et toutes barbues de longues algues échevelées. Nous n'eûmes pas le loisir de réfléchir bien longtemps sur le sort qui nous attendait. Deux secousses brusques, effroyables, deux coups de talon, pour nous servir du langage des marins, fracassèrent les reins de la pauvre jonque, dont la dunette fut en même temps enlevée par une lame foudroyante, qui emporta aussi cinq hommes de l'équipage. A peine entendîmes-nous les cris qu'ils poussèrent en disparaissant dans l'abîme. Les autres matelots cherchèrent à s'emparer de la chaloupe suspendue le long du bord, afin d'essayer de regagner le rivage. Tant bien que mal ils parvinrent à la descendre à fleur d'eau; mais une lutte épouvantable éclata quand il fallut savoir qui l'occuperait les premiers. Elle ne pouvait guère contenir plus de six personnes et quinze se présentaient pour l'envahir. Les couteaux furent tirés. Un égorgement commença; mais le théâtre de la lutte allait disparaître sous les pieds des vainqueurs et des vaincus.

Resté à l'écart, j'avisai dans ce moment suprême une de ces bouées qui se lient par une corde au câble qui retient lui-même l'ancre, et qui servent à marquer le point perpendiculaire où elle est mouillée. J'ouvre rapidement mon couteau, je coupe la corde à une certaine distance du câble, et saisissant ensuite la bouée à deux bras, je me précipite avec elle par-dessus le bord au milieu des vagues. Un instant enseveli sous l'eau, je remonte bientôt à la surface. Je retourne la tête, afin de savoir quel parti ont pris mes compagnons... Eux et les derniers débris de la jonque ont disparu!

Pendant trois heures je luttai avec la mort. Quelle agonie! Chaque fois que je cherchais à m'accrocher aux branches des madrépores qui dardaient entre l'écume et la mer, j'étais repoussé, chassé par le ressac; mes mains ensanglantées se détachaient de ce douloureux appui; les forces me quittaient. Je n'en avais plus assez pour saisir la corde attachée à la bouée. J'avais perdu toute énergie, tout sentiment de l'existence, quand une dernière lame me couvrit, m'enveloppa et me roula au fond de l'eau, ainsi que ma bouée. Je me sentis défaillir et j'eus froid; puis je n'éprouvai plus rien.

Quand je rouvris les yeux, j'étais étendu sur une plage couverte d'algues et de plantes marines. Il me semblait que des arbres n'étaient pas loin de moi. Mon étonnement était celui d'un homme ivre après un long sommeil. Je manquais de force pour me lever.

La tempête ne grondait plus. Le soleil, à ma vue encore bien faible, parut avoir atteint une certaine hauteur. Il répandait une grande chaleur autour de moi. Le sable chauffait sous mes deux mains ouvertes; la conscience de la vie revenait peu à peu. Je me cherchai; je me demandai si c'était bien moi, et dans quel endroit je me trouvais. J'acquis la certitude qu'il y avait des arbres, une forêt à une petite distance. Ma léthargie se dissipait comme un nuage. J'essayai ensuite de me lever et de faire quelques pas;

mais, fuyant sous moi, mes jambes avaient la mollesse du coton. Pourtant je me tins debout. Le soleil, qui avait encore marché, frappait d'aplomb maintenant sur le paysage. La chaleur répandue dans l'air augmentait

tellement de minute en minute, que je tombai d'épuisement au pied d'un palétuvier dont l'ombrage sombre et plein de fraîcheur ne tarda pas à communiquer à tous mes membres un bien-être général. Peu à peu mes yeux s'appesantirent, le sommeil me gagna, je finis par m'endormir. J'ignore

rencontre, quoique au fond du cœur je ne fusse pas sans quelque inquiétude secrète sur la nature d'ami ou de compagnon que le sort m'adressait. J'allai droit vers cet être, quel qu'il fût; mais, après avoir encore marché pendant cinq ou six minutes dans la direction du point où je l'avais aperçu, je ne vis plus rien... M'étais-je trompé? Les nombreux mirages du soleil avaient-ils causé chez moi une hallucination? Je ne savais comment expliquer mon erreur; mais elle me contraria beaucoup. Je continuai de marcher devant moi.

Quand je fus sur le terrain même où cette vision m'avait frappé, un autre horizon s'ouvrit naturellement à ma vue; et aussitôt, à ma vive satisfaction, le même être déjà aperçu se montra. Ah! je me sentis vraiment bien heureux! Je pus même le distinguer beaucoup plus nettement que la première fois, quoique la distance fût encore grande entre lui et moi. Je l'observai avec une extrême attention. Il me sembla que ses mouvements étaient excessivement vifs et rapides. Je fus poussé à porter ce jugement sur lui en le voyant paraître et disparaître, passer comme l'éclair d'un point à un autre. J'eus comme idée qu'il m'avait aperçu et que je lui faisais peur. J'avançai alors avec plus d'assurance. J'allais me trouver à l'endroit même où il m'avait apparu, quand du haut d'un arbre quelque chose d'indéfinissable au premier coup d'œil, une espèce de corps velu et nerveux s'abattit à mes pieds avec des ricanements bruyants, gutturaux et sauvages, auxquels répondirent à toutes les distances des ricanements absolument pareils. C'était un singe. D'un bond il se releva, s'abattit de nouveau, et il finit par se placer au milieu du chemin comme pour m'interdire le passage. La prétention n'étant pas tout à fait de mon goût, je cassai la première branche d'arbre que je rencontrai sous ma main : c'était, je crois, une baguette de rotang, et j'en menaçai mon animal. Mon action apparemment lui déplut. A un second ricanement qu'il poussa en manière d'appel, je vis accourir des quatre coins de l'horizon, à travers toutes les éclaircies du bois des nuées de singes de toutes formes, de toutes nuances et de toutes grandeurs, qui, en un instant, grimpant sur les arbres, s'enroulant aux branches comme des écureuils, s'emparant de tous les accidents de terrain qui étaient autour de moi, se mirent à me regarder avec des clignotements d'yeux rapides, précipités, menaçants, et

m'enveloppèrent de sifflements et de grincements tellement criards, tellement aigus, tellement assourdissants que j'en fus étourdi. Je fus obligé de plaquer mes mains contre mes oreilles pour ne pas perdre la conscience de moi-même au bruit de cette tempête d'un nouveau genre. Rien de pareil, je crois, n'a jamais été entendu dans les forêts de l'Océanie.

Comme j'avais fait longtemps à Macao, ainsi que je l'ai déjà dit, le commerce des singes, je reconnus aisément, malgré mon trouble, les espèces différentes auxquelles j'avais affaire en ce moment. J'apercevais des doucs à la queue longue, à la face plate, aux pieds noirs, aux oreilles rouges; des ouanderous, singes si méchants qu'on est obligé de les tenir dans des cages de fer; des lowandos à la face sans poil et de couleur de chair jusqu'au bas du visage, où elle devient noire ainsi que le nez; ayant des ongles longs et en gouttière, portant sur la tête une large perruque de président faite de poils grisâtres, touffus et serrés. Je voyais des guenons à la face pourpre, aux mains violettes, traînant une queue terminée par une houppe de poils blancs; d'autres guenons à camail, couvertes d'un duvet flottant jaune mêlé de noir, qui leur forme en effet une sorte de camail; des mones au ventre blanchâtre, ouvrant des yeux entourés de cercles noirs, noirs comme leurs pieds, noirs comme leurs mains, noirs comme leurs poignets; puis des coaïta, puis des exquimia, puis des ouarines, puis des centaines de mangabeys, espèces de guenons ou singes à longue queue, autrement appelés singes de Madagascar; je les reconnaissais à leurs paupières nues, d'une blancheur frappante, à leur museau gris et long, à leurs sourcils d'un poil rude et hérissé; comme je reconnaissais aussi les sombres macaques, les turbulentes aigrettes, les malbroucks et les bonnets chinois qui gambadaient, folâtraient, dansaient, piétinaient, trépignaient, cabriolaient, caracolaient sur ma gauche, devant moi et derrière moi. D'autres, et par centaines encore, étaient accourus pour me voir; mais ils étaient trop éloignés pour que je pusse les reconnaître aussi distinctement que ceux dont je viens de parler.

Connaissant par expérience la méchanceté de ces animaux lorsqu'ils sont en nombre, je résolus de battre en retraite. Il était trop tard. Derrière moi je vis étroitement pressés, sur huit ou dix rangs, d'autres singes dont quelques-uns me parurent si vigoureux que toute tentative de fuite eût été une grave imprudence de ma part. Je demeurai donc en place, mais non sans anxiété. Tous ces singes, qui me cernaient, se mirent à s'agiter avec une vélocité de plus en plus hostile autour de moi, quoique je n'eusse plus à la main depuis plusieurs minutes la malheureuse baguette de rotang ou de rotin qui avait causé leur profonde et furieuse irritation. Pour me faire prendre en patience cette contrariété, dont je ne voulus pas cependant m'exagérer la portée, pensant bien que, dès qu'il me serait permis de faire quelques pas de plus dans l'intérieur de l'île, quelque habitant, ami ou ennemi, civilisé ou sauvage, viendrait me dégager de cette insultante population des bois; pour me faire prendre un peu de patience, dis-je, je me plus à me rappeler les ennuis de

toutes les couleurs dont vous accablent à Londres, dès que vous débarquez, les mille serviteurs du fisc, honorables gens que je suis très loin de vouloir comparer à des animaux malfaisants comme les singes, mais bien tyranniques parfois aussi. Je me plus encore à me rappeler qu'un jour, en revenant de Calcutta, ils me percèrent, à Custom-

House, avec leur sonde de fer, vingt châles de cachemire qui furent complètement perdus et dont ils ne me firent pas moins payer les droits.

Cependant, comme la chaleur était excessive, accablante à l'endroit découvert où j'étais, je tentai, après un intervalle de temps qui me parut avoir modifié à mon avantage les dispositions de mes surveillants, de faire quelques pas en avant. D'ailleurs, j'avais horriblement faim, et la soif me dévorait; mais je n'eus pas seulement fait mine de changer de place que ces groupes de singes importuns rassemblés autour de moi recommencèrent de plus belle leurs menaces, leurs cris, leurs grimaces, leurs froissements de lèvres. Ils firent mieux : ils se massèrent en bataillon carré, et quand ils eurent pris cette position stratégique dont j'occupais le centre, un d'eux se détacha des groupes et vint résolument à moi. Il ramassa la baguette de rotang que j'avais laissée sur le sable, et avant même que j'eusse pris le temps de me mettre en défense, il m'envoya une volée de coups aux jambes, sur les bras, sur les pieds, sur la tête, sur le dos, au visage, partout; et ses coups étaient si vifs, si rapides, si multipliés, que je me mis à bondir sur moi-même, ne pouvant courir,

cerné comme je l'étais, et à sauter comme si j'avais eu des charbons ardents sous les pieds.

Je le confesse ici avec franchise, je souffrais autant de honte que de douleur. Un vil singe me battait, un abominable singe me châtiait en plein soleil! Les autres misérables singes, témoins de mon abaissement moral, riaient, batifolaient, s'amusaient à se tordre. C'est pendant que je leur donnais ainsi la comédie et qu'ils me fournissaient l'occasion de les voir de plus près que je fus frappé d'un doute singulier; mais l'émotion du moment ne me permit pas de m'y arrêter. Ah! oui, cette émotion était forte: flagellé par des singes! Il n'y a que les animaux pour apporter tant de raffinement dans la cruauté. Je sais bien qu'à Londres, ville extrêmement policée, on s'écrase devant la porte de Newgate quand on va pendre un criminel, afin de lui voir tirer une langue d'un demi-pied de long; je sais bien qu'en France, autre pays très policé, on paye encore assez cher les places pour voir exécuter un homme, et qu'il en est de même à Bruxelles, capitale de la Belgique; à Vienne, capitale de l'Autriche, berceau de Joseph II, le roi philanthrope; à Berlin, capitale de la Prusse, royaume non moins civilisé; mais enfin nous n'exécutons pas les singes, nous autres, et le droit qu'ils s'arrogeaient sur moi de me battre me parut... Mais pour le moment ils étaient les plus forts; il fallait céder : je cédai. Et ce qu'il y a de mélancolique à penser, c'est que je n'entrevoyais pas de fin à ce supplice : mon bourreau ne se lassait pas, il frappait toujours. Certes, avec l'un des deux pistolets que j'avais sur moi et dont je n'avais jamais eu l'imprudence, on l'a vu, de me séparer pendant la traversée, j'aurais pu facilement casser la tête à cet impudent animal ; mais pour tenter un pareil coup, je connaissais trop l'accident arrivé à ce président de la Compagnie des Indes, un jour que le célèbre voyageur français Tavernier l'accompagnait dans une excursion à travers une grande forêt située au bord du Gange. Je n'avais pas oublié qu'étonné du grand nombre de singes dont il s'était vu, comme moi, tout à coup entouré, il avait fait arrêter sa voiture et prié Tavernier d'en abattre quelques-uns. Aussitôt les gens de sa suite, très au courant des mœurs vindicatives de ces animaux, l'avaient engagé à n'en rien faire. Le président avait insisté... Tavernier avait alors fait feu : il

LES ÉMOTIONS

DE

POLYDORE MARASQUIN

J'eus le bonheur de le défendre, de l'arracher à la rage de l'animal furieux; mais si j'eus aussi la satisfaction de le ramener à Macao, je n'eus pas la joie de le sauver. Mal soigné par les médecins du pays, il languit deux ans de ses blessures, qu'on ne sut pas cicatriser. Il mourut ensuite dans d'atroces souffrances. En rendant le dernier soupir entre mes bras, il m'engagea à ne pas continuer son industrie. Je le promis; mais comme il ne m'avait laissé que celle-là pour vivre et faire vivre ma mère, comme, à franchement parler, je ne me sentais du goût pour aucune autre profession, j'eus le regret de ne pas tenir ma promesse. L'histoire qu'on va lire dira si je dois m'en applaudir.

Je repris donc la maison de mon père, et je redoublai aussitôt d'activité, afin de prouver à la riche clientèle acquise par sa bonne et loyale gestion combien j'étais disposé à la continuer honorablement. J'augmentai mes espèces d'animaux rares, j'envoyai au loin des voyageurs aguerris chargés

groom bien dressé. Au dîner il offrait des assiettes, servait à boire; il mangeait même à table quand je l'invitais. Les petites attentions que j'avais pour lui rendaient les autres singes jaloux jusqu'à la frénésie. Bien souvent cette haine laissa des traces sur son joli pelage doux et doré comme celui d'un agneau.

Quant au quatrième singe, c'était aussi un jeune chimpanzé; mais, au contraire des femelles de singes, de ces folles guenons qui sont avides de rubans, de dentelles, de mouchoirs brodés, elle se contentait de sa grâce et de sa gentillesse naturelle. Elle n'était jamais si heureuse que lorsqu'on lui donnait une belle fleur qu'elle se plaçait sur l'oreille ou qu'elle regardait des heures entières avec mélancolie. L'âme de Mignon semblait être passée dans ce joli corps et se refléter dans ces yeux bleu-jaune d'une expression émouvante.

J'avais appelé mes deux babouins, l'un Karabouffi premier, l'autre Karabouffi second; et j'avais donné pour nom au chim-

les courants nous rejetaient toujours dans l'ouest. Et plus nos efforts pour résister à cette déviation de notre route étaient violents, et plus la voie d'eau ouverte aux flancs de la jonque s'élargissait.

Pour aggraver notre position au milieu d'une mer déjà si périlleuse, l'équipage refusa de travailler à pomper l'eau qui nous envahissait d'heure en heure. Chinois, Malais et Portugais se renvoyaient les uns aux autres, comme trop pénible, cette tâche ; pénible, il est vrai, mais de laquelle, cependant, dépendait le salut général. Le capitaine Ming-Ming, je ne le vis que trop alors, n'avait aucun pouvoir sur cet assemblage antipathique de matelots. Je soupçonnai même qu'il avait exercé autrefois la piraterie avec les huit matelots malais. Ceux-ci le traitaient sur un pied d'égalité qui indiquait clairement une ancienne confraternité équivoque, et qui lui ôtait par là tout caractère d'autorité sur eux. La découverte fut peu rassurante pour moi, qui connaissais de longue date et à fond, ainsi que je l'ai prouvé un peu plus

combien je demeurai encore de temps plongé dans cette seconde et bien plus douce léthargie; mais, quand je m'éveillai, je jugeai à l'inclinaison du soleil qu'il était environ deux heures de l'après-midi. A m'en rapporter au délassement que je ressentais, j'avais peut-être dormi huit heures. Je ne puis rien préciser à cet égard, ma montre s'étant arrêtée par suite de toutes les secousses que mon corps avait éprouvées depuis la veille.

Afin de dissiper la douleur laissée dans tous mes sens par le somme prolongé dont je sortais, je me levai et fis rapidement quelques pas en allant devant moi. J'avais parcouru à peu près une vingtaine de mètres en me dirigeant du côté opposé à la mer, quand je vis comme une forme humaine se dessiner au bout de la longue perspective d'arbres ouverte à mes regards. Ma première pensée fut de croire que cette apparition était celle d'un habitant de l'île sur laquelle mon malheureux naufrage m'avait jeté. Je me réjouissais déjà de cette

avait tué une femelle chargée de ses petits.

A l'instant même, tous les autres singes s'étaient précipités avec des cris de désespoir et de fureur sur la voiture du président. Ils avaient envahi le cocher, le laquais et les chevaux. Ils auraient étranglé Sa Seigneurie, ils l'auraient écorchée, mise en lambeaux si les stores n'eussent été rapidement baissés et si les gens de sa suite n'eussent livré un combat en règle aux assiégeants, dont ils ne se débarrassèrent qu'avec une peine infinie. Ce terrible exemple m'empêcha donc de décharger mes armes dans le ventre de cet horrible animal, dont les coups ne ralentissaient pas, malgré ma colère, ma rage et les gestes que j'employais pour me défendre. Hélas ! rien n'y fit. Je fus fouetté par lui, fouetté jusqu'au sang... à la vérité sur mon pantalon et sur mon habit, mais, pour cela, l'outrage n'était pas moins commis. J'aurais assurément fini par périr sous les coups, car la ruse et la méchanceté de ces animaux allèrent, le croira-t-on ? jusqu'à relayer mon bourreau quand il se sentit fatigué de me

leur. Notre impossible est la réalité pour eux. Ce sont des fous éternels auprès desquels notre folie est la raison pure... Qu'allait-il m'arriver? La nuit et eux! Sans doute le jour du lendemain me montrerait quelques naturels, car cette île n'était pas déserte; sans doute je parviendrais au centre de l'île même, où probablement s'élevaient leurs habitations; mais, en attendant, il fallait traverser cette nuit redoutée. Dans ma fiévreuse anxiété, accrue par la connaissance que je possédais de tous ces mauvais génies, l'idée me vint, puisqu'ils s'acharnaient à être si exactement la contre-épreuve de moi-même, de faire semblant de dormir. Si j'étais assez habile pour les conduire au sommeil par voie d'imitation, je profiterais de leur léthargie pour me délivrer de leur surveillance et pénétrer au cœur de l'île. J'en ignorais, il est vrai, l'étendue et la configuration; mais dans une nuit de marche je ferais infailliblement assez de chemin pour mettre dix ou douze lieues au moins entre eux et moi. Le moyen

Puis un renflement se fit vers un point de cette bordure sanglante, et un globe de feu parut et monta avec majesté dans le ciel. C'était la lune qui se levait; sa surface enflammée était presque pleine. Je crus qu'elle se levait pour moi seul, tant elle m'apporta de calme en m'inondant de sa belle clarté. Ses rayons furent pour mon âme un espoir et pour mes yeux un sourire du ciel. Je repris courage. Mon sang descendit dans mes veines. Je raisonnai avec suite et lucidité ma situation. Je me démontrai alors que je n'avais aucun motif sérieux pour demeurer plus longtemps dans l'endroit où j'étais. Ma résolution fut prise. Je coupai sur-le-champ, avec mon couteau, au bord même du lac, la plus forte tige de bambou que je rencontrai pour m'en faire une arme défensive, et je me mis en quête de savoir si cette vaste pièce d'eau limpide avait, comme c'était présumable, quelque dégagement extérieur.

Ce fait géologique était d'une bien haute importance pour moi à éclaircir.

Les grands cours d'eau, quoiqu'il y ait

battre ; oui, j'aurais succombé sans une idée... une admirable idée... mais qui, malheureusement vint bien tard... comme toutes les excellentes idées. L'excès de la douleur exaltant mes souvenirs, je me rappelai que des voyageurs, qui s'étaient trouvés dans ma position fâcheuse, s'en étaient tirés à l'aide d'un moyen que je résolus d'employer sur-le-champ. Je dénoue ma cravate et je la lance aussitôt toute déployée au milieu des singes ; une superbe cravate rouge achetée au Bengale l'année précédente. Les singes n'ont pas plutôt aperçu cette étoffe chatoyante, qu'ils fondent dessus avec des grincements de curiosité et de joie. Mon bourreau suit leur exemple, et moi, pendant que lui et les autres se disputent cette proie que je leur ai livrée, je m'esquive de toute la vitesse de mes jambes, je m'avance, de toutes les forces qui me restent, dans l'intérieur de l'île, où je compte à coup sûr rencontrer quelques naturels et, peut-être avant ce moment, un peu d'eau pour éteindre mon intolérable soif. Mon espoir ne fut pas complètement trompé. Après une course hors d'haleine de cinq ou six cents mètres, je retournai la tête et j'eus la satisfaction bien grande de voir que je n'avais pas été suivi par les singes. Pendant une heure je continuai à courir ainsi sans obstacles sur un sable doux, à travers des groupes d'arbres qui tantôt se réunissaient pour former des massifs éblouissants de couleurs diverses, et qui tantôt se voûtaient jusqu'à terre, comme pour m'indiquer un ravin où je devais trouver de l'eau. J'étais accablé, la sueur m'enveloppait d'un brouillard de feu. Allais-je découvrir cette eau si ardemment désirée ?

Au détour d'un coteau couvert d'une mousse argentée, je fus soudainement frappé par la vue d'un lac d'un mille d'étendue au moins, bordé de hauts arbres qui s'élevaient en gradins comme s'ils eussent été ainsi rangés par des hommes habiles dans l'art des plantations de luxe et de fantaisie. Une pente molle, revêtue de ce même gazon d'argent que je venais de fouler, me conduisit au bord d'une eau blanche et transparente, fraîche à vous enivrer par sa saveur primitive, comme l'eût fait du vin en fermentation. Je m'agenouillai pour en boire, et ma joie d'y poser mes lèvres desséchées fut si vive, si prolongée, que je dus demeurer, sans

mentir, près d'un quart d'heure ainsi courbé sur cette suavité vivifiante. Mon bonheur tenait du rêve, tant il était concentré et silencieux. Mais le cri qui m'échappa en relevant la tête ne fut pas tout à fait celui de la reconnaissance pour le ciel, à qui je devais la joie délicieuse d'avoir ainsi rafraîchi ma bouche et ma poitrine. La surprise me l'arracha.

La rive du lac était couverte, sur l'étendue entière de ses bords, par ces mêmes singes qui m'avaient si impitoyablement harcelé, raillé et battu. Tous avaient pris mon attitude accroupie, tous se relevèrent en même temps que moi, le museau mouillé et pailleté de l'eau qu'ils avaient bue; tous, lorsque je croyais les avoir perdus, m'avaient donc suivi en silence par les épaisseurs latérales du bois, par le chemin aérien des branches, de feuille en feuille, pour ainsi dire, et m'avaient imité en me voyant boire. Quoique mes membres fussent roués par la fatigue et les innombrables coups de rotin que j'avais reçus de la tête aux pieds, quoique je commençasse à ressentir une inquiétude fort sérieuse de me trouver constamment, depuis mon naufrage, au milieu de cette troupe de plus en plus grossissante de singes, je ne pus retenir une explosion de fou rire en voyant avec quelle fidélité burlesque j'étais reproduit dans mes moindres gestes, mes plus fugitives attitudes et mes plus involontaires mouvements. Stupéfaction nouvelle et à me renverser! mon éclat de rire est immédiatement répété par cinq ou six mille autres éclats de rire stridents,

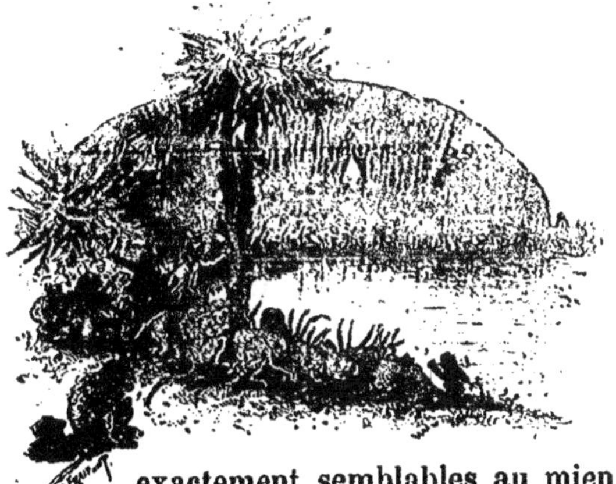

exactement semblables au mien Je ris plus fort; eux, à leur tour, de rire plus fort aussi. Cette comédie menaçait de ne pas finir. Ne sachant ce que voulait dire ce trouble inaccoutumé, les oiseaux cachés dans leurs retraites de mousse, épars dans les hautes fougères, fourmillant dans les lacis de lianes, endormis sous les feuilles,

les grands, les moins grands, les invisibles; des oiseaux dont le Créateur seul sait le nom, et dont les langues humaines les plus colorées diraient difficilement la forme; des oiseaux vêtus de brocart comme les anciens doges, d'autres portant de triples collerettes brodées, ainsi que les princesses de la maison de Valois; d'autres dont les plumes de la queue sont autant de rayons volés au soleil, s'enlevèrent, battirent des ailes, partirent à ce tonnerre universel de rire, et panachèrent l'air de leurs courbes effrayées. Les singes eux-mêmes, quoique habitués à ces émeutes d'oiseaux, furent tout étonnés de la bizarrerie et de la nouveauté du spectacle. Ils se mirent debout pour en jouir. C'est alors que je remarquai ce qui m'avait échappé jusque-là : beaucoup, parmi mes persécuteurs velus, portaient une sorte de collier rouge, étroit, dont il me fut tout d'abord impossible de me rendre compte. Une courte réflexion vint tout m'expliquer. Chacun de ces colliers rouges était un fragment de la cravate que je leur avais abandonnée, et qu'ils avaient noué sous leur menton. Je n'ai rien vu de plus bouffon que cet ornement de toilette avec lequel quelques-uns s'étranglaient, en cherchant à le nouer davantage à mesure qu'ils le sentaient se défaire, ou que leurs camarades jaloux essayaient de le leur prendre. Ces singes cravatés me donnaient un spectacle dont j'aurais été ravi dans toute autre circonstance.

J'avais sans doute calmé ma soif, mais la faim ne s'était pas apaisée. Bien loin de là! car la satisfaction accordée à un sens avait rendu l'autre plns impérieux. Ma faim était d'autant plus exaltée que, depuis un quart d'heure environ, j'apercevais dans les arbres placés au bord du lac des fruits d'un jaune d'or, des fruits délicieux à voir, plus délicieux encore à manger sans doute, mais placés si haut, si haut, si près du sommet, que jamais homme, fût-ce un matelot de Java, ne serait parvenu, sans une échelle, à les cueillir. Des arbres de cent quatre-vingts à deux cents pieds de hauteur, sans écorce, sans branches, sans aspérités, sans un point d'appui quelconque jusqu'à leur plus grande moitié. Mes yeux convoitaient ces fruits, mon estomac les appelait de ses élans les plus tendres; mais comment les avoir? L'impossibilité était là. Je tentai cependant, après bien des calculs stériles, de lancer de toute la puissance de mon bras un caillou tranchant sur l'un de ces fruits perdus dans les airs, afin de voir si je pourrais le détacher de l'arbre. Je me savais assez droit; aussi dus-je atteindre le fruit que j'avais visé, mais pour cela il ne se détacha pas. Le caillou, après l'avoir heurté, tomba par son propre poids de branche en branche avec un grand bruit; — tout produit un grand bruit dans ces îles dont les hommes n'ont pas encore usé le silence; — et il entraîna dans sa chute à travers la plus forte épaisseur du branchage une certaine quantité de larges feuilles retenues au corps de l'arbre même par leur pédoncule laiteux. Les singes, qui avaient suivi avec avidité tous mes mouvements, comme quand je m'étais incliné pour boire, avaient à peine attendu la chute de la pierre pour ramasser autant de cailloux qu'ils l'avaient pu, et les lancer contre les branches supérieures des arbres. Ce fut à la fois le bruit, le pétillement de la grêle et de la mitraille. Ah! il fallait les voir à l'œuvre, ces

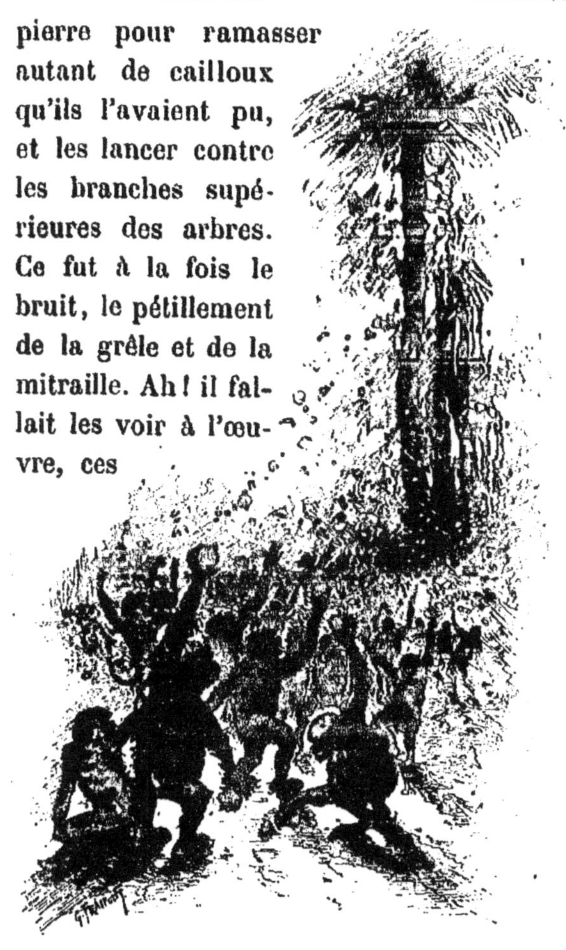

rudes abatteurs ! La destruction n'a rien imaginé d'aussi rapide dans ses allures. Ils faisaient la chaîne, ils se passaient les pierres de main en main afin que ceux qui les jetaient n'attendissent pas. On parle de champs entiers de maïs anéantis en quelques heures par les sauterelles voraces venues de la Libye. En quelques minutes, fruits, feuilles, branches furent détachées du groupe d'arbres au milieu duquel mon caillou avait fait son inutile percée; et ces milliers de fruits, ces jonchées de feuilles, ces brassées de lianes, ces amas de branches tombées sur la rive du lac, la couvrirent au point que je n'eus plus qu'à tendre la main pour saisir ces fruits dont j'avais tant envie de me rassasier. C'est ce que j'allais m'empresser de faire, on le suppose; mais voilà que dès l'instant où les singes, à qui je devais cette abondante moisson de fruits, me virent faire le geste d'en porter un à ma bouche, ils me copièrent sur toute la ligne. Mille bras se portèrent à mille bouches. La manœuvre s'exécuta comme à la voix d'un commandant militaire et avec la rectitude de la discipline prussienne. Je levais le coude, tous les coudes des singes se levaient; je rejetais un pépin, l'air était criblé de pépins. Les échos du lac ne répétèrent plus bientôt que le cliquetis risible et bruyant de leurs mâchoires, et sa surface disparut presque entièrement sous les débris d'écorces de tous ces fruits déchiquetés et dévorés avec cette burlesque unanimité et cette imperturbable imitation.

Quoique je fusse livré maintenant à toutes les chances du hasard et destiné peut-être à n'échapper à un danger que pour tomber dans un autre danger plus grand, je désirais néanmoins sortir de l'odieux emprisonnement où me tenait cette compagnie immonde. Ce n'est pas sans effroi surtout que je voyais pâlir le jour et venir la nuit. Je redoutais de me trouver au milieu de l'obscurité avec ces légions de démons dont les surprises fantasques n'ont pas même pour limites celles de l'imagination humaine. Car notre imagination n'est pas l'ombre de la

me parut bon. Je passai sur-le-champ à l'exécution.

Je commençai par ramasser des brassées de feuilles sèches, et j'affectai dans ce travail préliminaire de les remuer avec le plus de bruit de possible, afin de provoquer l'attention imitatrice de mes espions. Et en effet, tous aussitôt accoururent, s'agitèrent avec une précipitation des plus comiques pour ramasser des feuilles sèches de tulipier et les étendre en litière sur le sol, ainsi qu'ils m'avaient vu faire. Ravi de ce début, j'amoncelai ensuite une certaine quantité de ces débris végétaux au pied d'un arbre que j'avais choisi pour dossier : eux d'en faire immédiatement autant. Ceci accompli de part et d'autre, je m'étendis sur mon lit de feuilles et j'observai. Cette fois mes plagiaires ne bougèrent pas. Mauvais signe! il y avait un point d'arrêt dans le développement du calcul que j'avais combiné pour les faire tomber dans le piège. Les pattes four rées dans les feuilles, l'échine tendue, le museau tourné de mon côté, les yeux dardés sur moi, ils m'examinèrent, suivirent les moindres oscillations de mon corps, mais aucun d'eux ne se coucha. Commençaient-ils à se défier? Poursuivant mon projet afin de savoir au juste ce que je devais en attendre, j'allongeai les bras comme un homme qui ne va pas tarder à s'endormir, je bâillai à pleine bouche, et je fermai enfin les yeux. De ces trois choses ils n'en imitèrent qu'une : ils bâillèrent à se démonter la mâchoire : ce fut tout.

J'eus beau continuer à garder les paupières abaissées, ils tinrent constamment les yeux ouverts; j'eus beau pousser le mensonge du sommeil jusqu'à ronfler, rien n'y fit : aucun singe, grand ou petit, jaune, noir ou vert, ne donna dans le panneau.

Eux et moi nous nous tenions en arrêt.

C'est à ce moment que le doute dont j'avais été préoccupé pendant ma bastonnade me revint encore. Je crus distinguer, parmi cette foule de singes si attentive à épier mes mouvements, certains visages qui ne m'étaient pas inconnus; mais je passai comme la première fois à côté de cette perception étrange, qui ne pouvait résulter que du trouble de mon cerveau et de la ressemblance qu'ont entre eux ces animaux, infor-

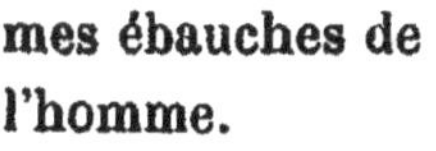

mes ébauches de l'homme.

Depuis un quart d'heure, et de pareils quarts d'heure sont des siècles, je jouais cette comédie du sommeil, qui, à mon désespoir, ne faisait pas la moindre dupe, quand, de mes yeux faiblement entr'ouverts, j'aperçus deux des plus gros singes de la bande venir de mon côté;

et ils venaient, non pas en marchant à quatre pattes sur le sable, mais comme ils le pratiquent toujours dans leur vie errante et vagabonde au milieu des bois en s'élançant d'arbre en arbre, de branche en branche et sans faire beaucoup plus de bruit qu'un oiseau. Arrivés au-dessus de ma tête, et Dieu sait si je les avais perdus un seul instant de vue, ils se laissèrent couler sans bruit jusqu'à terre et passèrent ensuite, toujours avec les mêmes précautions veloutées, l'un à ma droite, l'autre à ma gauche.

Ils restèrent immobiles pendant quelques minutes.

J'avais affaire à deux hideux orangs-outangs, et tous deux accusaient leur force prodigieuse et leur agilité par un corps trapu, ramassé, et des membres nerveux. Je jugeai à ces marques caractéristiques qu'ils viendraient aisément à bout de dix hommes qui ne seraient pas armés. Après m'avoir observé, étudié, et, pour ainsi dire, parcouru avec une gravité à la fois bouffonne et magistrale, comme pour s'assurer que j'étais réellement endormi, l'un des deux orangs-outangs alla se placer à mes pieds.

L'orang-outang qui était à ma droite commença par me flairer sous le nez à la manière des fauves, puis il m'écarta les cheveux attentivement, curieusement, aux tempes, sur le sommet, avec des soins minutieux, délicats, excessifs, et surtout avec des intentions que ma propreté anglaise rendait tout à fait illusoires. L'enfant du sublime et repoussant tableau de Murillo m'eût remplacé avec avantage. Ah! combien j'eusse désiré le voir à ma place! Car cette absence absolue de tout résultat promis à la peine que prenait mon orang-outang me laissait craindre que, changeant tout à coup de conduite, il ne m'enlevât, d'un revers de ces terribles mains armées d'ongles d'acier, les cheveux et la peau tout entière, qu'il ne me scalpât enfin à la manières des sauvages, ces frères aînés des singes.

Tandis qu'un des orangs-outangs me procurait cette périlleuse émotion, l'autre m'enlevait mes souliers et s'amusait, avec la naïveté d'un enfant qui veut à tout prix savoir comment et pourquoi sa poupée à ressort lève ou abaisse le bras, à plier et à relever mes doigts du pied, paraissant fort étonné et presque indigné qu'un homme fût aussi bien machiné qu'un singe. Malheureusement pour moi, il prit tant de plaisir à ce jeu qu'il finit par me retirer mes bas, qu'il essaya tout de suite, mais sans grand succès, d'employer à son propre usage. Ah ! je l'avoue, ces deux terribles valets de chambre appliqués aux soins de ma personne me causaient d'affreuses angoisses. Elles redoublèrent quand l'orang-outang qui était à mes pieds, mis en goût sans doute par mes bas, voulut me retirer le pantalon. Je l'aurais bien laissé faire, moi, mais l'orang-outang placé à ma tête s'y opposa de toutes ses forces en voulant retirer le pantalon de son côté, côté par où jamais n'est sorti un pantalon. Il y eut de sinistres tiraillements. La lutte, peu à peu, devint sombre et acharnée ; elle menaçait de devenir terrible, je le sentais à l'arrachement successif des boutons, je le sentais au frémissement central du pantalon. Il craquait déjà sous les efforts des deux formidables antagonistes dont le champ de bataille allait dans peu d'instants être mon propre corps ; mon corps, qui allait in-

failliblement se trouver nu sous leurs dents d'acier, sous leurs griffes de harpies, et en proie à leur impitoyable instinct de destruction. C'était ma mort.

Avant de mourir, je voulus me défendre, je glissai une main dans l'une de mes poches, l'autre main dans la seconde poche, et je m'emparai de mes deux pistolets sans éveiller le moindre soupçon. A l'instant même, car les choses allaient très vite, je dirigeai le canon de l'un vers mes pieds, le canon de l'autre vers ma tête, et me disposai à tuer cette fois mes persécuteurs, dont la mort, du reste, serait immédiatement suivie de la mienne : le sort qui m'attendait n'était pas douteux après ce double meurtre. Les deux ou trois cents singes qui assistaient comme acteurs et comme témoins à ce spectacle allaient me déchirer en plus de morceaux qu'ils n'avaient déchiré ma cravate. De minute en minute le moment suprême approchait, il arrivait, il était venu! Le fond de mon pantalon crie... J'appuie mon doigt sur chaque détente... Un coup de sifflet part, un coup de sifflet comme une locomotive seule avec son haleine de feu peut en faire jaillir un de sa poitrine cerclée de fer ; ce coup de sifflet, dont l'air dut saigner, se prolongea d'écho en écho comme le tonnerre au fond d'une vallée. J'ouvre les yeux... plus un singe, plus un seul dans l'espace que j'occupe. Je les vois fuir avec rapidité, avec la rapidité d'une balle, fuir vers le même point, fuir à ne me laisser voir bientôt que des milliers et des milliers de queues badigeonnant l'horizon, purgé enfin de leur abominable présence. Tous ont disparu. J'entends s'éteindre de seconde en seconde les grincements nerveux avec lesquels ils semblent s'exciter à tripler de vitesse. Ce bruit diminue encore, ce n'est plus que le tintement qui meurt en spirale au fond de l'oreille quand le sang a couru vers le cerveau. Tout murmure cesse enfin. L'air est libre, la terre a repris sa sérénité comme après la disparition d'un brouillard fétide. J'étais déjà debout, je respirais, je renaissais ! Mais d'où était parti ce formidable coup de sifflet ? quelle poitrine infernale l'avait donné ? Était-ce un léopard blessé à mort ? était-ce un tigre amoureux ? était-ce un homme ? Quel appel exprimait-il ? que voulait-il dire, puisqu'il avait été si généralement compris ? Comment le savoir ? à qui le demander ? La solitude et le silence avaient fait place en un clin d'œil à l'affreux tumulte des scènes sauvages et grotesques dont ce coup de sifflet marquait le dénouement ou l'entr'acte. Était-ce, en effet, une fin ou une suspension momentanée que cette disparition spontanée de tous ces monstres qui s'éloignaient de moi par le bonheur providentiel d'un miracle ?

La nuit venait; elle était venue. Qu'allais-je faire, qu'allais-je devenir au milieu des peuplades éparses dans le milieu de cette île, hordes d'autant plus effroyables dans mon esprit qu'elles tardaient davantage à se montrer !

Je serais bien resté jusqu'au lendemain à la place où j'étais; mais n'avais-je pas à craindre de voir revenir mes ennemis et de les voir reparaître plus déterminés encore qu'auparavant à me tourmenter de leurs inépuisables méchancetés, maintenant surtout qu'ils savaient combien ils m'étaient supérieurs par l'audace et par la force? D'un autre côté, où aller sans m'exposer à périr dévoré par les milliers d'animaux dangereux répandus dans ces labyrinthes de bois, de bruyères plus hautes que ma tête, de racines colossales, et rampant, gonflés de venin, sous toutes ces végétations monstrueuses comme eux? Mes fluctuations d'esprit me donnaient la fièvre chaude, et cette fièvre battait à coups pressés dans mon cerveau comme le bourdonnement d'une grosse cloche, comme le ronflement des vagues quand on approche de la mer. Le tumulte du sang me faisait croire aussi, par moments, que j'entendais réellement les voix lointaines qui sortent des grands centres de population, comme je les entendais quand j'errais dans la campagnes de Goa ou de Macao. Les naufragés ont de ces hallucinations de malade. Ils sont aussi comme les pendules qu'on déplace : elles vont encore, l'aiguille marche sur le cadran, mais elles ne marquent plus l'heure exacte, elle sonnent au hasard.

Dans cette minute de délire où j'étais, une ligne rouge teignit tout à coup l'hozison en le partageant : on eût dit la coupure faite avec un couteau dans l'écorce d'une grenade.

quelques exceptions notables dans l'Océanie, aboutissant tous à la mer, si le lac, sur les rives duquel j'étais, avait une fuite importante, j'étais certain, en la suivant pas à pas, de me rendre à la mer. Et comme il est rare que les bords mêmes de ces courants d'eau ne soient pas la ligne terrestre sur laquelle les habitants, conduits par l'instinct du besoin, élèvent leurs huttes ou leurs villages, j'étais pareillement certain de rencontrer sur mon chemin ces villages, ces huttes et ces habitants. Je m'appliquai donc, dans le but de découvrir cette fuite d'eau, à parcourir sans déviation la circonférence du lac, malgré les jungles qui auraient voulu m'en écarter. Au bout d'une heure de course, un bruit confus m'arrêta; j'écoutai mieux; je marchai à ce bruit; il se fit plus distinct. Je redoublai d'attention, et enfin je fus attiré presque en droite ligne par la grande fraîcheur et le grand murmure d'un épanchement assez considérable. C'était là ce que je cherchais. Les eaux du lac se déversaient dans un second bassin inférieur qui, se rétrécissant un peu plus loin, devenait le large ruisseau ou la rivière sur laquelle j'avais compté. Je suivis ce canal naturel, mais non sans me heurter à d'étranges difficultés. Oh! non, ce n'était pas chose aisée, on doit me croire, de continuer longtemps son chemin sur une berge, tantôt uniquement formée de dépouilles végétales si spongieuses, qu'il était tout à fait impossible, parfois, d'y poser les pieds sans enfoncer jusqu'aux genoux; tantôt entièrement cachée à la hauteur d'un demimètre, par un réseau de fibres de pandanus, de bambous et de nimosas, tissues, croisées l'une sur l'autre avec tant de ténacité depuis des siècles, que ces fibres allaient d'une rive à l'autre, formant une voûte sous laquelle je ne pouvais passer qu'à plat ventre. C'est dans l'un de ces cheminements sombres que

je saisis, en plaquant mes mains sur le sol afin de me soutenir, un rouleau froid comme un glaçon, tandis qu'un battement d'ailes, au même moment, me souffletait au front et au visage. Double sensation, double horreur! Mon cœur parut ne pas suffire à tant de répulsion. Le rouleau glacé, c'était un serpent; le soufflet, le choc horrible d'une chauve-souris aux ailes visqueuses de trois ou quatre pieds d'envergure. Mes nerfs se crispent rien qu'à la pensée de cette affreuse rencontre.

Pendant dix heures je m'avançai ainsi vers un but inconnu, mais persuadé de plus en plus, en m'avançant, que la partie de l'île déjà parcourue par moi, dans les conditions périlleuses que je viens d'essayer de dire, n'était pas habitée; à moins, toutefois, qu'elle ne renfermât d'autres lacs et d'autres cours d'eau, éventualité fort douteuse à cause du peu d'étendue des groupes d'îles au milieu desquels j'avais naufragé. Et si j'en concluais qu'aucun habitant ne devait se rencontrer à quelque distance de ce ruisseau privé de huttes, car j'en aurais vu les traces, j'en concluais aussi, avec la même autorité de raisonnement, que l'île ne renfermait pas non plus beaucoup de bêtes fauves, car elles fréquentent de préférence, on le sait par le témoignage des voyageurs et des naturalistes, les bords limoneux des rivières, où elles sont sûres de trouver, pendant les ardeurs du jour, de la fraîcheur, de l'ombre, surtout de nombreuses proies à guetter, et, la nuit, des retraites inviolables.

Quand j'aperçus le ciel à découvert et quelques lieues d'espace libre à ma droite et à ma gauche, le jour commençait à poindre. Le violent exercice que j'avais fait, joint à la vivacité soudaine de l'air, joint encore à la légèreté du repas que j'avais pris, car les fruits, quelque bons, quelque savoureux qu'ils soient, ne soutiennent guère nos estomacs civilisés, avaient allumé en moi une faim de tigre. Je n'ai jamais tant regretté que la Providence ne nous eût pas réservé, pour les occasions difficiles, les moyens de vivre d'herbes comme les animaux, ou gratifiés, comme eux, de la faculté de saisir notre proie à l'aide de nos mains. Peut-être avons-nous eu autrefois, aux temps primitifs du monde, une organisation moins exclusive; quoi qu'il en soit, je mourais de faim au milieu de ce paradis de plantes, de fougères et de magnifiques racines dont un cheval ou un bœuf eût fait ses délices. Tandis que je me livrais à ces réflexions, le jour grandissait, s'élargissait sans cesse; les objets commençaient à se détacher avec vigueur de ce fond violet tendre, teinté de jaune, précurseur de l'aurore dans l'Océanie et la Chine méridionale. Un vent frais rasait la terre : à son tranchant et à sa trempe, s'il est permis d'employer cette image, je sentais qu'il avait passé sur la mer. La mer, je l'eusse parié, n'était pas loin. D'autres signes me le disaient : les arbres étaient moins touffus, moins spacieux; les bruyères, plus ramassées et plus courtes, devenaient aussi plus rares. Quand le soleil se montra, je n'avais plus qu'à m'écrier : « Voici la mer! » C'est ce que je dis bientôt.

La mer n'était guère qu'à deux cents pas de moi quand je vis ses petites vagues, les mêmes vagues hier si furieuses, blanchir un arc entier de la côte. En supposant quelque régularité à la forme de l'île, cet arc indiquait, selon mes calculs, une circonférence de trente lieues. En outre, en admettant, ce que j'admettais moi-même par l'observation, que le chemin que j'avais fait dans la nuit était la moitié du diamètre de l'île entière, c'est-à-dire cinq lieues, la circonférence devait être forcément encore de trente lieues, ce qui est, du reste, la moyenne en étendue des îles sur l'une desquelles j'avais échoué. Après m'être assuré que cette moitié de l'île n'était pas habitée sur toute la surface traversée par la rivière, il me restait encore l'espoir cependant qu'elle pouvait l'être sur le littoral de la mer, surtout si les naturels étaient ou pêcheurs, profession

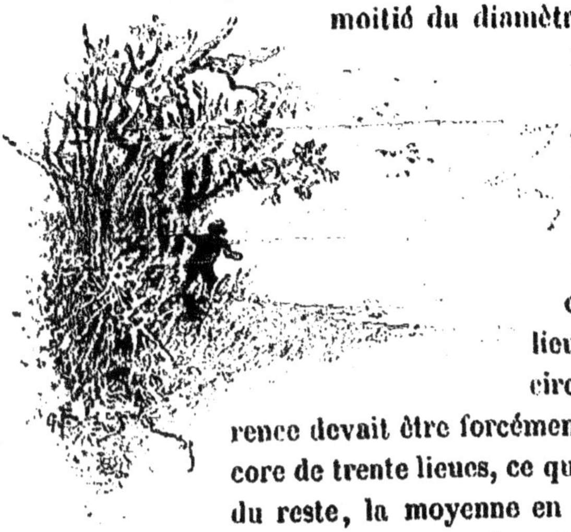

commune en Malaisie, ou livrés au petit commerce des échanges, profession plus rare, ou pirates enfin, profession qui accompagne toutes les autres dans ces contrées violentes.

Mon excursion au bord de la mer commença : elle commença, malgré la fatigue dont j'étais brisé; je n'avais pas de temps à perdre, car une fois le soleil lancé dans le ciel, sa chaleur intense rend tout travail de corps impossible sous la voûte de cette zone chauffée à blanc.

Si pendant les trois premiers milles je ne vis pas plus d'habitants que je n'en avais vu jusque-là; je ne pus guère mettre en doute que mes bons amis de la veille, les singes, ne visitassent souvent cette côte. Voici à quels indices je le reconnus. Des milliers d'huîtres étaient éparses sur la grève, et les deux tiers au moins de ces huîtres étaient ouvertes, non pas naturellement, mais à l'aide d'un petit caillou placé entre les deux coquilles. Qui les avait ainsi entr'ouvertes? c'étaient mes singes. On sait que les huîtres sont un précieux régal pour eux. Mais il leur faut user de beaucoup de finesse pour se procurer cette douceur, qui a pour eux ses dangers. Que font-ils? ils lancent une pierre entre les deux coquilles au moment où l'huître bâille, et de cette manière ils sont sûrs de la savourer sans s'exposer à voir leurs mains ou leurs museaux pris par une malice de l'huître, qui a la faculté conservatrice de se refermer au moment d'être saisie.

L'huître étant un mets beaucoup plus substantiel que les fruits, et mes pillards et gaspilleurs de singes en ayant plus ouvert qu'ils n'en avaient consommé, je m'en donnai à cœur joie. Cinq ou six douzaines descendirent dans mon estomac reconnaissant. Comme l'eau douce en ce moment ne me manquait pas, je complétai mon déjeuner par de larges rasades bues dans le creux de la main. Une fois mon appétit rassasié, mes préoccupations d'esprit revinrent. Allais-je enfin me trouver face à face, sur cette grève, avec les naturels de l'île, soit au détour de quelque baie, soit derrière quelque rocher? Ému de cet espoir et de cette crainte, j'entrepris mon exploration. Mais, après avoir visité bien des criques, bien des petits golfes jusqu'au bord desquels les banians laissent pendre leur chevelure verte, non seulement aucun habitant, noir ou cuivré, bistre ou safran, ne s'était encore montré à mes yeux; mais je vis sur le vaste parcours que je mesurai depuis cinq heures du matin jusqu'à midi, heure à laquelle l'or fondu versé sur ma tête par le soleil allait me forcer de m'arrêter, je ne vis, dis-je, aucune jonque, aucune pirogue, aucun débris d'ustensiles, enfin aucun fragment d'objets ayant servi à des êtres intelligents : nulle trace d'homme. Cette partie de l'île n'était donc pas habitée sur le rivage de la mer ni sans doute beaucoup plus au loin. Cependant rien ne prouvait absolument que

l'autre moitié de l'île, ou ce qui m'en restait encore à connaître, ne fût pas habité.

Impossible de demeurer plus longtemps, à cette heure du jour, sur cette côte déserte brûlée par le soleil. Je jugeai prudent de m'en éloigner. Mon cerveau n'y aurait pas tenu : il était déjà en pleine fusion. Mais avant de la quitter, j'allai arracher à quelque cent pas plus loin une tige de bambou aussi droite et aussi longue que je pus la rencontrer, et, après l'avoir dépouillée de ses feuilles, j'attachai à son extrémité un des deux mouchoirs blancs que j'avais sur moi en abandonnant la jonque. Si quelque vaisseau, quelque barque, apercevait ce signal, chose assez peu probable, l'île où j'étais n'étant entourée que de récifs, on serait prévenu de la présence d'un malheureux naufragé, et peut-être tenterait-on quelque moyen de le délivrer.

Les rudes secousses de la veille, les fatigues extraordinaires de la nuit, les accablements d'esprit de toutes sortes sous lesquels je ployais depuis trois jours devaient me rendre facile un sommeil que j'allai goûter sous les tamarins plantés entre la mer et la partie plus boisée de l'île. Mes yeux se fermèrent avec un bonheur indicible. Mon assoupissement fut quelque chose de doux comme un voyage dans l'air. Le vent de la mer passait à longs effluves dans mes cheveux, après avoir couru sur ma poitrine, rafraîchi et vivifié tous mes membres. Le mélange des fortes odeurs végétales de la plage et de l'air salin de la mer, tout chargé des exhalaisons mystérieuses des grandes profondeurs de l'océan Indien, formait un bouquet si agréable et si enivrant que je le sentais même dans mon sommeil.

Je dormis longtemps, car, chose étrange, le soleil, qui était arrêté au zénith quand je me couchai, occupait à mon réveil exactement le même point du ciel. J'avais donc dormi vingt-quatre heures. Ce réveil ne s'effacera jamais des souvenirs de ma vie, tant il se lie pour moi à une circonstance particulière de douleur, de regrets et même de remords.

III

Je m'endors et j'ai un rêve fort agité. — A mon réveil je commets un meurtre. — Une sinistre apparition au milieu d'un bois. — Que signifie-t-elle ? J'aperçois dans les airs une immense clarté. — J'avance à cette lueur qui me donne l'espoir que des hommes ont allumé du feu. — Elle disparaît. — Le jour revient. — Un spectacle inouï frappe mes regards. — J'assiste à une cour martiale formée de membres à quatre pattes. — Corruption de la justice parmi les singes. — Parodie risible des institutions humaines au point de vue de la morale et des pantalons. — Je distingue quelques maisons sous les arbres et je me crois enfin parmi mes semblables. — Je retrouve Saïmira et Mococo. — Captivité de ce dernier. — Ce qu'était le chef de la cour martiale dont je n'avais pas admiré la tenue. — Je reconnais en lui un de mes deux babouins de Macao, celui que j'ai rossé tant de fois et vendu à lord Campbell. — Cette rencontre ne me cause aucune joie. — Karabouffi règne sur l'île où je me trouve. — Je me cache dans une grotte, prévoyant les effets de sa reconnaissance si j'étais découvert. — Je suis visité par Saïmira. — Sensibilité merveilleuse de cette charmante créature. — Épisode d'une mandarine. — L'ennui l'emporte sur la peur. — La clarté déjà vue reparaît. — Est-ce un volcan ? — Est-ce un festin d'anthropophages ? — Pourquoi la curiosité me fait-elle sortir de ma retraite ?

III

J'eus un rêve pendant mon sommeil. Dans ce rêve je me voyais au milieu de ces mêmes singes maudits auxquels j'avais si miraculeusement échappé dans la journée de la veille. J'étais encore en leur pouvoir! Rien n'était changé : ni le lieu de la scène, ni les personnages. Le lac s'étendait à mes regards; les arbres s'élevaient et se balançaient autour de l'eau; les feuilles et les fruits dont on les avait dépouillés à coups de pierre jonchaient la terre. Mes deux redoutables orangs-outangs non plus ne m'avaient pas quitté : l'un était encore à mes pieds, l'autre à ma tête. Ils continuaient les persécutions dont mon infortuné pantalon était le théâtre. Après l'avoir déchiré en deux parties à force de le tirailler en sens contraire, ils avaient mis à découvert mon corps, particulièrement le ventre et la poitrine; puis, de l'examen attentif de ma peau, ils étaient passés à celui de mes côtes, qu'ils paraissaient vouloir ouvrir afin de voir ce qu'elles renfermaient. Pour parvenir à leur but, chacun d'eux s'était emparé d'une grosse pierre et se préparait à me briser l'estomac. C'est là le procédé auquel ils ont ordinairement recours quand ils veulent manger l'intérieur d'une tortue ou d'une noix de coco. Les deux pierres étaient déjà soulevées sur ma poitrine. Mon salut avant tout! je fais feu sur l'un des deux orang-outangs et je le tue; je vais faire feu sur l'autre... Le bruit du premier coup que j'avais réellement tiré en dormant m'avait éveillé... Mais en m'éveillant je me trouvai hors de moi, furieux, fou de rage et l'autre pistolet à la la main. Un groupe de singes était devant moi ; j'ajuste mon second coup, je lâche la détente, un singe est frappé, il tombe. Que

Dieu, dans sa bonté, préserve à jamais moi et les miens d'un pareil spectacle ! Le pauvre singe, qui n'était pas un épouvantable orang-outang comme ceux de mon rêve, mais un gracieux sajou, se traîna jusqu'à mes pieds en perdant son sang. Je l'avais blessé mortellement au-dessous du cœur. Ne

voulant pas le faire longtemps souffrir, je le saisis par la queue, et après l'avoir agité circulairement comme une pierre au bout d'une fronde, je lui cognai la tête contre un arbre. Mon malheureux sajou vivait encore. Avec quel air touchant il me regardait! comme il me léchait les mains pour que je ne le fisse pas mourir! comme il me priait et me suppliait avec ses petits cris plaintifs que j'entends encore. Pour l'achever plus vite, je courus au rivage et le tins plongé dans la mer jusqu'à ce qu'il fût noyé. Pendant ce temps, qui me parut aussi long que si l'on eût exercé sur moi les mêmes tortures, ses charmants petits yeux mourants continuaient à suivre les miens; ses regards étaient un reproche et une prière. Quelle déchirante agonie! Je la subis, je la partageai jusqu'au bout. Vivrais-je cent ans, ce tableau, où la souffrance avait élevé l'instinct de la bête au niveau de la cruelle intelligence de l'homme, demeurera sans fin dans ma mémoire. Et ces lignes, que je n'ai pas écrites sans me sentir remuer tout le cœur et les larmes mouiller les yeux, sont le châtiment de mon meurtre inutile, car ce pauvre singe ne m'avait rien fait.

Plus tard, je me souvins de ce que Buffon dit du sajou : « C'est un des animaux de la plus vive et la plus amusante espèce des singes : il est à peu près de la grosseur d'un chat ; il a le corps brun, la face et les oreilles couleur de chair. Ils sont fantasques dans leurs affections ; ils paraissent avoir une forte inclination pour de certaines personnes et une grande aversion pour d'autres, et cela constamment. »

Je demeurai d'autant plus consterné de ma mauvaise action, quoique la réflexion n'y eût été pour rien, puisque j'avais tué le sajou quand j'étais encore sous l'hébétement du sommeil et le vertige d'un rêve, qu'il arriva ceci quand je fus revenu à la place où j'avais tiré le coup de pistolet : je reconnus que ce coup avait été si malheureux, qu'en tuant un sajou j'en avais blessé un autre dans le groupe au milieu duquel j'avais si brutalement fait feu. Tous les autres singes, et la plupart appartenaient à son espèce, s'étaient rassemblés autour du compagnon blessé, mettaient leurs doigts dans sa plaie et faisaient comme s'ils voulaient la sonder. Quelques-uns tinrent ensuite la plaie par les bords, tandis que d'autres apportaient des feuilles qu'ils mâchaient et poussaient délicatement dans la plaie même. Ce dernier trait dérangea toutes mes idées sur l'intelligence de ces animaux, si maltraités par quelques naturalistes qui ont confondu des espèces inférieures avec des espèces très rapprochées de la nôtre, comme celle des sajous, tombant dans l'erreur énorme que commettrait l'observateur ignorant qui placerait sur la même ligne, sous prétexte qu'ils sont hommes tous les deux, le crétin des Alpes et l'habitant si admirablement organisé de l'Italie et de la Grèce. Depuis, l'exemple de singes se prêtant un mutuel secours dans le danger et se soignant à l'aide de remèdes spéciaux connus d'eux seuls se renouvela si souvent à mes yeux, que j'ai cité celui dont j'ai été témoin, autant avec la certitude d'être cru qu'avec l'espoir de faire partager l'étonnement et l'intérêt qu'il me causa.

Mes pauvres singes se retirèrent ensuite, emportant avec eux leur cher blessé, et me laissant une tristesse de plus à ajouter à toutes les inquiétudes que j'avais déjà. Ma journée fut mauvaise. Je ne pus en écarter l'obsession. Je ne parvins jamais à échapper aux remords de mon détestable meurtre. Il y avait en outre, dans la physionomie désolée de ces animaux, une empreinte si particulière de bonté, de douceur, de souffrance et de résignation, un caractère si distinct de celui des autres singes, qu'ils m'en parurent tout à fait séparés, non par l'effet seul du hasard, par la démarcation mise entre eux par la nuance des genres, mais par un fait particulier dont la cause m'échappait et ne me serait jamais révélée.

Je me trompais sur les deux points : une cause existait à cette mélancolie qui les rapprochait tant de notre espèce, et il m'était réservé de la connaître.

Quand la nuit vint, j'avais déjà laissé bien loin derrière moi les acteurs et le théâtre de ces petits événements, pas si petits, toutefois, convenons-en, pour celui qui, comme moi, marchait en plein inconnu. J'étais si agité d'ailleurs par le dernier, que j'avais oublié de charger de nouveau mes pistolets. Ce ne fut que vers minuit, en entendant bruire tout près de moi, dans un massif de mimosas, un frémissement indéfinissable, un cliquetis sec comme celui que produisent les gousses desséchées du caroubier secouées par le vent, que j'eus l'idée, avant d'avancer un pas de plus, de couler de la poudre et des balles dans mes armes. Une fois mes pistolets chargés, j'allai avec précaution à l'endroit où j'avais soupçonné le bruit. J'appuie à peine sur la pointe des pieds; je retiens mon haleine au fond de ma poitrine qui bat, qui bat beaucoup; j'écarte doucement, bien doucement les branches épineuses des mimosas, je les relève avec la même prudence, j'allonge le cou, et à la clarté de la lune, aussi lumineuse que la veille, j'aperçois un squelette pendu à une branche. Un squelette!

il était d'une grandeur démesurée. Ses os étant d'une blancheur d'ivoire, il se détachait sur le vert sombre des feuilles avec une puissance de relief à doubler la terreur mate de son aspect. Le vent le faisait flageoler. La sensation fut poignante pour moi, je l'avoue ; j'eus un frisson nerveux dans tous les membres. Pourtant je me raisonnai ; je m'efforçai de ne tirer aucune conclusion trop sinistre d'un fait dont la cause n'était pas aussi atroce peut-être que mon imagination le voulait.

Je marchai hardiment à mon squelette. Je vais le prendre par un pied... ce pied était une main. Le squelette blanc était celui d'un singe; encore un singe ! un singe de la grande espèce, un mandrill colossal. Oui, un mandrill, cet ennemi du babouin avec lequel il partage l'empire de la férocité et de la terreur. Je jugeai, à la dimension de son squelette, qu'il avait dû dépasser en hauteur et en force tous les individus connus de cette formidable espèce. Mais pourquoi était-il pendu? Bizarrerie sinistre ! Une autre bizarrerie que je ne m'expliquai pas plus que sa pendaison, ce fut de voir que sa peau tout entière avait été enlevée. Je n'en apercevais pas le moindre fragment au pied de l'arbre. Avait-il été écorché après avoir été pendu ? Mais alors sa mort prenait tout de suite le caractère tragique d'un supplice.

Comme toutes mes réflexions à l'ombre de ce gibet n'auraient amené aucune solution ; je me hâtai de m'éloigner du squelette blanc.

Mais étais-je donc condamné à voir des singes sous toutes les formes avant de me rencontrer avec un homme?

Dans quelle proportion les singes et les hommes occupaient-ils ce morceau de terre au milieu de la mer? On comprendra que mon incessante préoccupation, que mon éternelle pensée fût de savoir quel genre de population habitait décidément cette île.

Tandis que je m'adressais pour la millième fois cette question, il me sembla, tout en marchant toujours devant moi, c'est-à-dire sans savoir où j'allais, que la clarté de la lune subissait depuis quelques minutes une notable diminution. Quelle était la cause de cet affaiblissement? Je levai la tête... Son disque était en effet voilé d'un brouillard rougeâtre, légèrement marbré de gris. Ce brouillard n'était pas un nuage. D'ailleurs, par un temps aussi pur, un nuage, signe de vent ou de tempête, eût passé plus haut dans le ciel; il n'eût pas rasé comme celui-là la cime des arbres. Il descendit même si bas un instant qu'il me vint à la pensée que ce n'était pas même un brouillard, mais une exhalaison du lac, une vapeur produite par les vastes amas de détritus végétaux entassés dans l'île; que c'était... Pour mettre un terme à mes doutes, je m'élançai sur un arbre, je grimpai aux plus hautes branches, et de là je vis... Victoire et résurrection! c'était la fumée d'un feu allumé dans l'île. Du feu! L'île était donc habitée, habitée par des hommes! car l'homme seul sait se procurer du feu, l'homme seul sait en faire, l'homme, l'homme seul en a besoin. J'étais donc parmi des hommes: j'étais sauvé... ou perdu peut-être; mais enfin j'étais avec des hommes. Je glissai une seconde balle dans chacun de mes pistolets.

Dès ce moment je concentrai avec énergie toutes les puissances de mes facultés; je leur imposai de me diriger le plus rigoureusement possible du côté où je supposais qu'était le foyer dont j'avais aperçu la haute clarté.

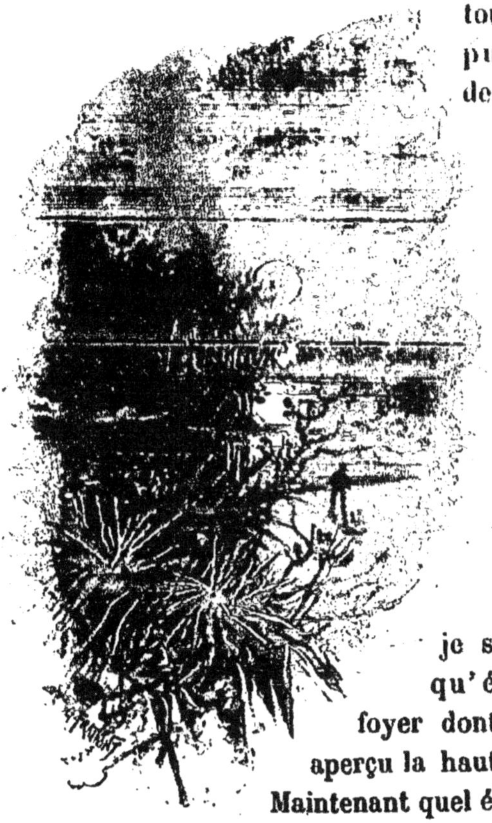

Maintenant quel était l'objet qui produisait cette clarté? Indiquait-elle un de ces incendies extravagants comme en allument souvent les sauvages de l'Océanie, sans avoir d'autre intention que d'anéantir en quelques heures de vastes lambeaux de forêt, afin de réjouir leur vue? Trahissait-elle le passage violent d'une poignée de pirates descendus le soir dans l'île, et partageant entre eux leur butin aux lueurs d'un embrasement assez dans leurs habitudes de destruction? Désignait-elle l'emplacement principal occupé par la population, qui se livrait, en ce moment de silence universel dans toute la nature, à quelque réjouissance, ou consommait quelque sacrifice nocturne à la face mystérieuse des étoiles? Ces questions restaient toutes sans réponse pour mon esprit, qui se les posait avec un intérêt dont on pèsera l'importance, si l'on s'est identifié avec ma position isolée, privée de toute défense au milieu du vaste inconnu où je flottais.

Cependant le même espoir soutenait toujours mes doutes à fleur d'eau. J'allais dans quelques heures, dans quelques heures! me trouver parmi des hommes! Sans doute ces hommes ne m'offriraient pas des modèles achevés de civilisation; sans doute beaucoup d'îles de l'Océanie, je ne l'ignorais pas, sont depuis la création du monde et seront longtemps encore des nids d'anthropophages, et rien ne me disait que celle où j'avais été jeté par la tempête n'était pas de ce nombre: mais on n'est pas toujours mangé par les anthropophages, pas plus qu'on est toujours piqué par les serpents. Donc une chance sur beaucoup de très mauvaises pouvait m'être avorable, et c'est après celle-là que je coufrais. D'ailleurs, l'espoir ne se raisonne pas plus que la crainte. On sent surtout bien plus qu'on ne raisonne, quand on est tout à coup, comme moi, replacé par la secousse d'un accident extraordinaire au milieu d'une nature primitive, de celle, après tout, d'où l'on est sorti, et qui vient, au bout de plusieurs siècles de transformation, rendre à l'instinct tous ses droits, droits compromis par l'éducation et les préjugés.

Sans m'arrêter aux magnificences d'une fort belle nuit, fort belle même pour moi, blasé sur les nuits incomparables du monde austral; sans prêter l'oreille à des harmonies toutes formées de notes d'un caractère inconnu, même pour moi, dois-je encore ajouter, car il ne faut pas oublier que chaque île de l'Océanie est un monde à part, un univers complet en lui-même, ayant souvent ses fleurs, ses plantes, ses oiseaux, ses reptiles et ses hommes différents des hommes, des reptiles, des oiseaux et des plantes de l'île voisine; sans m'arrêter, dis-je, à ces rencontres pleines de surprises qui effrayent et ravissent tout ensemble, je continuai à me porter avec la plus invariable rectitude vers le point de l'île où je soupçonnais qu'était le feu dont j'avais aperçu de loin la flamme.

Au bout de trois grandes heures de marche, je reconnus que, pour parvenir à ce but si énergiquement désiré, la tâche n'était pas aussi aisée que je me l'étais figuré. Le sol de l'île n'étant pas égal sur toute son étendue, quand je descendais dans un creux ou dans quelque ravin formant le coude, je perdais immédiatement de vue la bienheureuse lueur qui me servait de phare. Plusieurs fois j'avais pu la retrouver en m'élevant au sommet d'un arbre et reprendre ainsi la bonne direction; malheureusement, le feu d'où jaillissait la clarté conductrice ne s'était pas toujours maintenu au même degré d'intensité. Il arriva même un moment, moment critique, où j'eus beau grimper sur les plus hautes branches des plus hauts arbres, je ne le distinguais plus que comme une pâle étincelle. Mes vœux les plus vifs étaient qu'il ne s'éteignît pas tout à fait avant la venue du jour, qui ne l'affaiblissait déjà que trop par son éclat. Ils ne furent pas exaucés. La lueur blanchit, se dissipa, l'étincelle ne fut plus qu'un point, le feu s'effaça; il était éteint, éteint! Situation atroce, alarmante! Une heure avant le jour, je ne me guidais plus que sur des indices incertains et des à peu près au milieu des torrents de lianes dont le sol était tapissé, et à travers des chevelures de bambous souvent impénétrables sur une surface de quarante pieds. Et alors quels longs circuits n'étais-je pas obligé de décrire!

Une découverte que je fis presque au moment même vint fort à propos contrebalancer le découragement auquel j'allais m'abandonner en ne voyant plus briller la lueur bénie que j'avais poursuivie jusque-là avec tant de ténacité. Cette découverte me frappa et m'émut profondément.

Au delà de la plaine marécageuse de bambous dont je venais de sortir, mais non sans laisser comme trace de mon passage quelques morceaux de mes habits et de ma peau, je me sentis soutenu par un terrain plus solide. C'est en passant entre les nombreux arbustes qui le couvraient et en faisaient une espèce d'immense verger naturel, que quelques fruits m'étaient tombés sous la main. Je goûte par hasard à ces fruits, et je reconnais à leur saveur qu'ils proviennent d'une culture perfectionnée. Ils n'avaient presque plus rien de l'âpreté primitive dont, en général, sont frappés tous les fruits auxquels l'homme n'a pas encore touché. Cette remarque devenait pour moi une preuve, non moins convaincante que celle du feu, que l'île était habitée.

Elle me rassura beaucoup; elle m'encouragea d'autant plus à persister dans mes espérances que je pus m'affirmer, sans redouter une déception, que non seulement l'île était habi-

tée, mais encore qu'elle l'était par des hommes déjà fort avancés dans l'agriculture, et par conséquent assez haut placés sur l'échelle de la civilisation.

Enfin l'aube du jour paraît : le ciel s'éclaire à peine de ses premiers rayons, que les rumeurs que j'avais entendues trois jours auparavant s'élèvent et déchirent l'air. Ce sont des bruits effroyables, indistincts d'abord ; puis mes oreilles insultées saisissent des cris qui parcourent toutes les gradations données à la voix des animaux sauvages, depuis le miaulement hypocrite et nerveux du tigre, le hurlement guttural de l'hyène, jusqu'aux sifflements les plus perçants. Je reculai d'effroi à l'explosion de cette infernale cacophonie partie du fond d'une vaste clairière tout à coup ouverte à quelques pas de moi par la diffusion de la lumière. Ce fut comme une batterie soudainement démasquée, déchargeant toutes ses pièces à la fois. Je n'eus que le temps de me jeter à droite, sans trop savoir cependant ce que j'évitais, et de me cacher derrière un tronc d'arbre fortement incliné et couvert d'un épais manteau formé de toutes sortes d'efflorescences végétales, de mousses grasses et de feuillages.

Le jour, qui ne vient pas par degrés, mais qui éclate l'été, dans ces zones inflammables, foudroya la clairière de ses clartés éblouissantes ; et par les nombreuses ouvertures laissées entre les arbres, je vis... Voici ce que je vis.

Ce que je vis semblerait tout à fait invraisemblable, si je ne prenais soin d'appuyer plus loin mes paroles du témoignage scien-

tifique d'un des plus célèbres naturalistes allemands.

Dans une arène assez vaste, des personnages vêtus d'habits rouges, coiffés du chapeau à plumes de coq que portent les officiers anglais, formaient, assis gravement sur un tertre, une espèce de cour martiale au milieu de laquelle était un autre personnage pareillement vêtu de rouge. La tête de ce dernier était couverte d'un gigantesque chapeau d'amiral.

On va partager à coup sûr ma surprise. Ces juges étaient des singes! Oui, des singes. Encore et toujours des singes. Mais pourquoi ces singes avaient-ils ces coiffures et ces habits sous lesquels on a peu l'habitude de les voir dans l'état de nature? Où les avaient-ils pris? Questions vraiment impossibles à résoudre avant que le cours des événements ait apporté lui-même une explication.

Ces singes étaient des ouarines : les ouarines, espèce redoutable, qui sont, comme dit Buffon, les plus grands animaux quadrumanes et qui approchent de la grandeur des babouins.

Ces ouarines étaient présidés par le grand singe chargé du chapeau de général. Et celui-là était un babouin. On ne pouvait pas s'y méprendre, moi surtout. Karabouffi second, Karabouffi l'incendiaire n'était-il pas un babouin? Pourquoi le souvenir de ce monstre m'apparaissait-il en ce moment ?

« L'orang-outang, dit encore Buffon dans son admirable histoire, l'orang-outang, qui ressemble le plus à l'homme, est le plus intelligent, le plus grave, le plus docile de tous les singes; le magot, qui commence à s'éloigner de la forme humaine et qui approche, par le museau et par les dents canines, des animaux, est brusque, désobéissant et maussade; et les babouins, qui ne ressemblent plus à l'homme que par les mains, et qui ont une queue, des ongles aigus, de gros naseaux, ont l'air de bêtes féroces et le sont en effet. »

Autour de ce hideux tribunal et rangés en triples et quadruples cercles, je voyais une foule d'autres singes de divers genres, mais tous de la pire espèce et tous également vêtus, si l'on peut dire vêtus, ou parés, si l'on peut dire parés, de quelque fragement de costume d'officier anglais soit de terre, soit de mer. Celui-ci avait un chapeau supérieurement monté et empanaché, mais il n'avait pas d'habit rouge ; celui-ci avait un habit rouge, mais il n'avait pas de pantalon ;

celui-ci, au contraire, avait un pantalon blanc, mais il n'avait ni habit rouge, ni ceinturon ; celui-ci avait un ceinturon, mais il n'avait qu'un ceinturon; celui-ci ne se distinguait que par une paire de gants jaunes dans lesquels, faute d'habitude, il fourrait tantôt ses mains, tantôt ses pieds, ou ce qui représente les pieds chez un singe; celui-ci avait passé ses bras dans les manches d'une tunique bleue de midshipman, mais avec si peu de bonheur que le devant était derrière; celui-ci brillait par un hausse-col énorme qui lui faisait tenir la tête en l'air comme celle d'un officier instructeur de la landwehr, tandis que son voisin, plus favorisé ou peut-être plus gradé, car j'ignorais encore ce que signifiaient ces insignes militaires portés par tous ces êtres dont la gravité m'étonnait cent fois plus en ce moment que ne m'avaient effrayé les extravagances de leurs confrères, tandis que son voisin, dis-je, portait des épaulettes d'or sur un habit de colonel de cavalerie. Et ce costume ne lui aurait pas trop mal convenu si, beaucoup trop large pour lui, cet habit n'eût pas dû contenir la valeur de six colonels. Il complétait l'uniforme par des gants blancs et une ceinture à longs effilés de soie et d'or. Si aucun de ces singes n'étalait sur lui, on le voit, un échantillon entier du costume militaire, beaucoup, du moins, en offraient un fragment spécial, et tous d'ailleurs portaient un grand sabre ou une épée. Comment les portaient-ils? Là n'est pas la question.

Très certainement je resterais à mille pieds au-dessous de la vérité si je tentais de dire les impressions que je ressentis à la vue de cette insultante parodie d'une des plus nobles classes de la société; à la vue de ces arlequins d'officiers qui, tous, laissaient passer ou traîner une queue plus ou moins comique sous leurs longs habits écarlates; à la vue de ces généraux qui s'occupaient bravement à chercher des puces sur le dos de leurs collègues, tandis que leurs collègues leur rendaient le même service.

Cependant toutes ces incongruités cessèrent au cri affreusement guttural qui partit de la poitrine du singe, plus grand que tous les autres, qui occupait le tertre de la présidence.

Un grand silence se fit pendant quelques secondes. Je voulus en profiter pour mettre un peu d'ordre dans mes idées, furieusement brouillées par tout ce que je voyais se dérouler sous mes yeux ébahis. Mais comment? C'est en vain que je m'interrogeai pour savoir quelle était l'étrange société réunie devant moi. Toutefois je ne rêvais pas comme la veille, quand j'avais cru, en dormant, être assassiné par les deux orangs-outangs.

Et mon plus grand étonnement encore n'était pas de voir régner une sorte d'ordre parmi tous ces singes réunis en cour martiale, car je me souvenais de ce que dit Marcgrave et que je vais rapporter, mais c'était de voir tous ces chapeaux d'officiers, tous ces habits sur leurs têtes sans cervelle et leurs dos ridicules.

Étaient-ils tout simplement des bouffons donnant à leurs maîtres, cachés comme moi, le divertissement d'une comédie extraordinaire ? Un instant je m'arrêtai à cette supposition ; ce ne fut qu'un instant. Pouvais-je admettre qu'il se rencontrât à la fois tant d'esprits excentriques capables de livrer comme un jouet frivole, à tant d'êtres extravagants, le noble uniforme militaire, si digne, si glorieux à porter ? C'était impossible. Alors comment expliquer ?... Mais hâtons-nous de citer l'illustre naturaliste Marcgrave, dont nous avons promis le témoignage, pour bien établir et parfaitement éclaircir un point qu'il importe d'abord de mettre hors de toute contestation.

« Tous les jours, dit-il dans son *Histoire naturelle* (page 226), matin et soir, les ouarines s'assemblent dans les bois ; l'un d'entre eux prend une place élevée et fait signe de la main aux autres de s'asseoir autour de lui pour l'écouter. Dès qu'il les voit placés, il commence un discours à voix si haute et si précipitée, qu'à l'entendre on croirait qu'ils crient tous ensemble. Cependant il n'y en a qu'un seul pendant tout le temps qui parle : tous les autres sont dans le plus grand silence.

Ensuite, lorsqu'il cesse, il fait signe de la main aux autres de répondre ; et à l'instant tous se mettent à crier ensemble, jusqu'à ce que par un autre signe de la main il leur ordonne le silence. Au moment même ils obéissent et se taisent. Enfin le premier reprend son discours ou sa chanson, et ce n'est qu'après l'avoir écouté bien attentivement qu'ils se séparent et rompent l'assemblée. »

Le chef des ouarines, le grand babouin, orné du chapeau d'amiral ou de général, fit avancer, sur un signe de sa main, une vingtaine de singes enchaînés avec des liens faits d'écorces filamenteuses, et quand ils furent rangés devant lui comme des criminels, il les apostropha dans une succession de cris analogues à ceux qu'il avait déjà fait entendre, mais modulés comme s'ils eussent exprimé des idées. Ces malheureux tremblaient de tous leurs poils et cherchaient désespérément par où ils pourraient s'enfuir. Vaine illusion ! D'autres singes armés de bambous noueux gardaient les issues.

Il me fut facile, au bout de quelques

minutes d'attention suivie, de reconnaître dans ces singes mis en jugement la même espèce que celle parmi laquelle j'avais fait la veille une si douloureuse victime. C'étaient des sajous. Ils tranchaient sur leurs juges par des mem-

bres plus délicats, par une conformation du crâne plus intelligente, et surtout par un caractère particulier de grande honnêteté, si l'expression est ici admissible.

Un peu de réflexion me fit comprendre qu'ils représentaient, en zoologie, une classe antipathique à celle qui l'avait vaincue.

Mais quels affreux drôles, bon Dieu ! que tous ces juges formant la cour suprême du babouin ! Comme ils cherchaient à lire dans ses yeux l'opinion qu'il leur était permis d'avoir ! Quoique quelques-uns eussent déjà sur leurs têtes la calvitie de la maturité ou les poils blancs de la vieillesse, par conséquent les signes naturels de la prudence et le caractère du respect, ils n'en rivalisaient pas moins d'aplatissement afin de parvenir à se faire remarquer de leur maître. Si celui-ci poussait un hurlement, c'était à qui parmi eux hurlerait le plus fort ; s'il se grattait la cuisse en signe de méditation profonde, ils s'empressaient de s'écorcher la jambe au tranchant de leurs ongles.

De son côté, touché de tant de bassesses, l'auguste babouin saisissait parfois dans l'une des poches placées aux deux côtés de sa bouche les noyaux ou les fruits qu'il avait mâchés, et il les leur jetait à la face, cadeau royal qu'ils dévoraient avec mille contorsions de plaisir, pour montrer combien ils étaient sensibles à cette auguste saleté. Il faut descendre aussi bas sur l'échelle des êtres pour rencontrer une pareille dépravation.

Ils devraient rougir jusqu'au fond de leur âme gangrenée par le paradoxe, ceux qui ne craignent pas de mettre en parallèle l'indépendance éclairée de l'homme et les vagues sentiments d'équité que la philosophie du XVIIIe siècle s'est efforcée de concéder si gratuitement aux animaux. On voit ce qu'il faut attendre des plus intelligents en matière de justice. On va le voir mieux encore par la justice distributive qui fut rendue sous mes yeux à tous les sajous traduits devant la cour suprême des singes pour un crime que nous ignorons encore.

D'anciens orangs - outangs qui avaient vécu autrefois en communauté d'idées ou plutôt d'habitudes avec les sajous incriminés tout me le faisait croire, étant sur le point de s'attendrir aux souvenirs du passé et peut-être de prononcer un arrêt favorable, que fit le babouin, qui vit venir de loin cette pitié déplacée? il roula son œil de vautour sous ses paupières plissées, montra ses gencives sanglantes derrière un sourire formé de deux rides : il eut un nasillement féroce, et la clémence des orangs-outangs s'envola.

Le babouin jeta ensuite son bâton de justice au milieu de l'arène. C'était un signal. Aussitôt, les singes faisant les fonctions de sbires s'abattirent à coups de bambou sur les condamnés et les rouèrent avec une dureté inouïe. Tout en les battant, ils les refoulèrent hors de l'enceinte et les chassèrent enfin dans les profondeurs des bois. Il me sembla qu'on les envoyait là où j'avais vu la veille végéter mélancoliquement tant d'autres sajous leurs confrères, coupables sans doute des mêmes crimes qu'eux.

Ce grand acte de justice me parut, à certaines allures que j'interprète peut-être un peu trop à ma fantaisie, une espèce de consolidation dont avait besoin le babouin pour augmenter son autorité; car tous ces ouarines, ces magots, ces talapoins, la séance finie, coururent le féliciter, le peigner, le lécher, lui bondir respectueusement sur le dos et le saluer avec un respect mêlé de crainte. Mais ce qui me parut encore plus vraisemblable que tout ce que je suppose ici en dehors des faits matériels, c'est qu'ainsi que je l'ai déjà dit, cette farce de singes en habits d'officiers généraux anglais avait infailliblement pour témoins des spectateurs cachés comme moi, et qui s'amusaient à coup sûr plus que moi; car ils étaient évidemment dans le secret de la comédie.

Suivi majestueusement de toute sa cour, le babouin se leva et se mit en marche pour sortir du prétoire pittoresque où il venait de trôner avec tant d'éclat.

Pouvant suivre mes personnages, je ne dirai pas sans danger, car, bon Dieu! où étais-je au juste? je les accompagnai prudemment, pas à pas, d'arbre en arbre, ce qui me permit d'examiner l'endroit où la justice venait d'être rendue, et d'apercevoir non loin de là, par une déchirure fort large dans les arbres, une foule de petites maisons peintes formant village, construites point par point dans le goût indien, comme j'en avais vu beaucoup à Bornéo, et en général dans l'Océanie civilisée. Des maisons! J'allais donc me trouver, non parmi une peuplade plus ou moins anthropophage, mais chez un peuple très avancé, au milieu d'une colonie européenne, anglaise à coup sûr, puisque les habits portés par ces légions de singes étaient tous de coupe, de couleur, de nationalité anglaise. Je marchai donc avec une pleine confiance derrière tous mes singes vêtus de haillons bleus et rouges, et qui me servaient d'éclaireurs en ce moment. Maintenant et désormais je n'avais plus peur d'eux. Volontiers je les aurais tirés par les fils de leurs haillons et par leurs queues méprisées pour m'amuser en chemin. Des maisons! un bourg, des hommes comme moi! Allons! place! vils drôles! étais-je sur le point de leur crier.

Afin de les voir une dernière fois avant qu'ils rentrassent dans leurs cages sous le fouet de leur maître, qui ne pouvait être loin, je me jetai sur le bas côté du chemin, dans une espèce de hallier. De cette cachette, me disais-je, je vais donc voir défiler cette procession diabolique, à commencer par le chef, le grand babouin! Je me cache, en effet, je regarde, ils passent; et que vois-je? qui crois-je reconnaître sous le chapeau caparaçonné de tant de plumes de coq et dans cet habit rouge qui m'incen-

diait les yeux, qui? mon épouvantable babouin de Macao, celui que j'avais tant de fois rossé, battu, que j'avais vendu il y avait un an au vice-amiral Campbell, la veille de son départ, Karabouffi premier, enfin! Karabouffi! Mais c'est tout à fait impossible pourtant! Le vice-amiral l'aurait donc débarqué dans cette île? Lui-même, lord Campbell, y serait donc descendu? Il y serait donc encore? Son équipage s'y trouverait donc aussi? Oh! mais encore une fois, je me trompe, j'ai mal vu... Je me sens au moment même doucement tirer par le bras; je fais un mouvement, je tourne la tête... Une figure suppliante me regardait. Cette douce et suppliante expression qui semblait rayonner du fond d'une intelligence humaine, jaillissait des yeux de Saïmira; oui, de Saïmira que je retrouvais dans cette île comme j'avais retrouvé le babouin, et par la même raison, sans doute, que j'y avais rencontré le babouin. Ma charmante chimpanzée s'efforça de nouveau de me faire comprendre, en me tirant par le bras et en me regardant avec une persistance significative, que je devais la suivre. Voyant que je résistais encore, elle poussa plusieurs petits gémissements et me lécha les mains. Elle avait, pour ainsi dire, parlé d'abord, elle priait maintenant. Évidemment je courais quelque grand danger. Je la suivis. Sa joie fut complète alors. Et comme en marchant dans les halliers elle baissait la tête, je devinai son intention, je la baissai aussi. Il y avait péril pour moi à être vu. Au bout d'un quart d'heure de cette marche furtive dans les hautes bruyères, nous parvînmes à un endroit que je supposai être le derrière des maisons aperçues par moi dans l'éloignement et dont l'aspect m'avait envoyé

tant d'allégresse et tant de confiance. Saïmira m'arrêta. Que voulait-elle? me montrer sur la gauche une rangée de cages qui toutes, excepté une seule, étaient ouvertes et vides. Saïmira s'approcha de la cage fermée; elle m'y attira. Je regardai. Le prisonnier, c'était Mococo, l'autre chimpanzé, celui que j'avais vendu avec Saïmira le jour de ma grande vente au vice-amiral Campbell, Mococo!

Mon premier mouvement est d'ouvrir la cage au pauvre chimpanzé. Le voilà donc libre. Mais libre, mon cher Mococo hésite s'il ira vers Saïmira ou vers moi qu'il reconnaît. Son cœur est partagé. C'est vers moi qu'il s'élance. Il appuie, comme un enfant, pendant plusieurs secondes, sa tête sur mon cou. Elle y reste collée. Je sentais battre sa poitrine. Quand il eut bien tendrement promené ses deux mains sur mon visage et touché mes joues avec son museau, il se précipita à terre et posa sa patte frémissante sur le dos de Saïmira, tandis que la gentille Saïmira posait sa main sur lui. Il dut s'échanger entre ces deux êtres, qui avaient évidemment souffert d'une dure séparation, puisque la chimpanzée était libre et le chimpanzé captif, des confidences à coup sûr impénétrables pour nos esprits différents; mais on sentait bien que si Dieu a donné à l'intelligence la supériorité sur l'instinct, dans tout ce qui touche aux idées, il n'a mis aucune inégalité entre nous et certains animaux dans l'explosion des sentiments simples, primitifs, à l'aide desquels se maintient l'harmonie universelle du monde, qui repose sur l'entraînement réciproque des êtres dont il se compose.

Cette scène attendrissante durait depuis un quart d'heure quand Saïmira tendit l'oreille avec anxiété et la retira plissée avec effroi. D'un mouvement spontané elle repoussa Mococo au fond de sa cage. Elle me lança ensuite un coup d'œil que je compris. Je savais depuis longtemps interpréter la mimique de ces animaux : langage bref, invariable, écrit pour l'éternité au jour de la création. Saïmira m'engageait par ce signe, par cet éclair, à vite tirer le verrou sur le pauvre prisonnier. Ce que je fis. Elle avait entendu un bruit. J'écoutai, j'entendis aussi. C'était le rauque grognement du babouin. Il y avait du triomphe dans sa voix cynique.

La terreur de Saïmira, la présence du babouin qui causait cette terreur m'en dirent assez pour me convaincre que c'était lui qui tenait Mococo captif. J'en conclus encore qu'il était le maître et le vainqueur de l'île où j'étais. Quel rôle jouaient donc les habitants au milieu de ce monde mystérieux dont je me sentais de plus en plus enveloppé? Ce n'est pas la demi-intelligence de Saïmira qui était capable de l'expliquer. Tout ce que son affection pour moi lui suggéra, et c'était déjà prodigieux comme raisonnement, ce fut de m'entraîner avec elle, afin de m'éloigner de la rencontre redoutable de Karabouffi premier. Je la suivis donc encore.

Le chemin qu'elle prit fut l'opposé de celui par où elle calculait avec raison que venait le babouin.

Nous doublâmes un angle de la rangée des maisons tandis qu'il tournait l'autre angle pour se rendre à la cage de son rival devenu son prisonnier. Le jour commençait à brunir. Nous longeâmes, sans être vus, le devant de ces maisons que je croyais être celles de la colonie anglaise de la station.

C'est en passant au front de ces habitations si gracieuses à distance que je remarquai que les croisées étaient brisées, démantelées, privées violemment, ici de leurs gonds, là, de leurs carreaux, là, même de leurs châssis. Quel épouvantable désordre!

En levant les yeux, j'aperçus aux fenêtres du premier étage, au bout de plusieurs bâtons et d'une foule de hampes de drapeaux, toutes sortes de choses qui pendillaient ; des habits d'uniforme déchirés, des cravates, des bottes, des souliers dépareillés, des chapeaux dont le fond n'existait plus, des bouteilles vides, des pantalons, des serviettes, des chiffons de toutes les couleurs, beaucoup de chemises et même quelques drapeaux.

Qui donc avait commis cet acte d'incroyable folie? qui donc avait produit tant de dévastations et tant de désolations, suites forcées d'un saccagement, d'un pillage, d'une sauvage extermination?

Il n'est pas possible d'admettre, me disais-je, que des singes, car leurs ongles étaient incrustés partout et leur perversité visible à toutes les places, que des singes se soient rendus maîtres, soit par surprise soit par force, d'une garnison composée de braves soldats, d'excellents officiers; qu'ils les aient massacrés depuis le premier jusqu'au dernier, qu'ils se soient installés dans leurs demeures et se soient approprié ensuite, pour les déshonorer à ce point, leurs habillements, leurs meubles et leurs drapeaux.

Les sollicitations de plus en plus pressantes de Saïmira ne me permirent pas de prolonger mes réflexions. Elle et moi disparûmes dans l'ombre et l'épaisseur d'un bois voisin. Nous marchâmes plus de trois heures sous des voûtes sombres de banians.

Ce n'est qu'après m'avoir vu me cacher dans une grotte naturelle formée de roches couvertes de mousses longues comme des toisons de brebis, enveloppées de ces milliers de choses végétales qui accidentent le sol de l'Australie, que Saïmira se décida à me quitter. Elle ne partit pas sans me laisser pour adieu un long regard plein de prières, de compassion et de craintes, adieu éloquent qui se traduisait pour moi en recommandation expresse de ne pas sortir de ma retraite.

Que n'ai-je suivi ce conseil ! Mais, après

huit jours de réclusion dans la grotte, l'ennui s'empara de moi, un ennui que ne calmaient pas les soins de Saïmira, attentive à venir chaque jour me distraire par sa présence. Je n'oublierai jamais les efforts de son esprit pour s'élever au niveau du mien, dont je ne veux pas dire qu'elle pénétra toute les pensées. Dieu a mis entre les êtres des bornes qu'ils ne franchiraient pas sans usurper son autorité; mais elle devint, à force de recherches inspirées par sa tendresse, presque aussi intelligente qu'une enfant. Elle me caressait de son souffle velouté, dormait ses deux petits bras passés autour de mon cou, ou elle allait me cueillir au haut des arbres, quand je dormais moi-même, des fruits qu'elle déposait à l'entrée de ma grotte. Excepté le sourire et la parole, ces deux attributs de l'homme, et déjà de l'homme à demi civilisé, elle avait toutes les facultés des êtres supérieurs à elle : la prévoyance, le souvenir, la sensibilité, l'affection et presque la pudeur. Un jour que je lui avais gardé une petite orange de la Chine, fruit fort rare dans cette île, car je n'y ai rencontré qu'un seul oranger qui portât des mandarines, et je suppose que le germe avait été apporté par les vents, elle la prit avec joie; mais quelque prière que j'employasse pour qu'elle la mangeât, elle refusa constamment; elle se contenta de la faire

rouler pendant quelques minutes entre ses doigts et de la regarder comme une chose précieuse; puis elle joua pensivement de ses doigts distraits avec le lien fibreux qui était encore attaché à la mandarine et qui la fixait à l'arbre au moment où je l'avais cueillie. Saïmira réfléchissait. Quand elle me quitta ce jour-là, elle emporta avec elle la jolie orange dont je lui avais fait cadeau. Le lendemain elle revint, selon son habitude, me visiter dans ma grotte. Tandis qu'elle jouait avec moi, je m'aperçus qu'elle portait autour du poignet une petite corde roulée sur plusieurs tours. Je voulus enlever ce lien, craignant qu'il ne la fît souffrir, Saïmira retira vivement sa main et son regard sembla me dire : « Laissez-le-moi! » Je devinai, je me souvins! Ce bracelet auquel elle attachait tant de prix, était la fibre annexée à l'orange de la Chine. Mococo avait eu l'orange, qu'elle n'avait pas mangée afin de la lui donner, et elle, heureuse du plaisir qu'elle lui avait causé avait gardé à son poignet le doux souvenir de ce partage. Ému profondément de ce trait délicat dans ce gracieux animal, dont j'avais, il est vrai, ébauché moi-même l'éducation à Macao, je pris son joli corps dans mes deux mains et pressai de deux baisers le sommet de sa tête. Ses yeux me regardèrent doucement de bas en haut, comme si j'eusse été le ciel pour elle, j'eus peur de leur expression. C'était trouble et divin. Une âme d'ange était prisonnière sous cette enveloppe; elle cherchait à sortir, à s'unir à la mienne. Ce cri m'échappa : « Saïmira ! » Un gémissement inouï me répondit. Je fus pétrifié. Si cette scène s'était prolongée, je serais devenu fou.

Ce n'est pas seulement l'ennui qui me décida à m'échapper de cette retraite, où je vivais sans doute avec quelque sécurité, c'est aussi ma dignité d'homme. J'avais honte d'être tenu en échec par des créatures sur lesquelles la nature nous a délégué l'autorité. D'ailleurs, passer ma vie dans cette grotte me semblait une intolérable position. Il fallait, un jour ou l'autre, en sortir. J'en sortis tout de suite, et voici à quelle occasion.

J'avais l'habitude de m'éloigner de mon gîte dès que la nuit était venue, soit pour me donner de l'exercice, soit pour aller chercher, quand la lune était claire, des œufs de ramier que je faisais cuire dans un trou creusé dans le sable, et au fond duquel j'avais entretenu un feu ardent pendant quelques heures. Les allumettes phosphoriques que j'avais toujours sur moi en ma qualité de fumeur me procurèrent facilement du feu. Grâce à la boîte de plomb où elles étaient enfermées, l'eau de la mer ne les avait pas altérées pendant mon naufrage, tandis que mon tabac, au contraire avait beaucoup souffert.

Le dernier soir de mon séjour dans la forêt, j'aperçus du bord de ma grotte, au moment de la quitter pour n'y plus rentrer, une flamme pareille à celle que j'avais vue aux premières heures de mon naufrage. Mais qui donc, me demandai-je encore avec la même agitation d'esprit, allume ces grands feux dont la clarté monte si haut dans l'espace? Je ne vois que des hommes qui seuls puissent... Mais je n'osais plus croire à leur existence sur cette île énigmatique depuis que j'avais été si souvent déçu. Pourtant, d'un autre côté, admettre que des singes soient assez ingénieux... Je n'admis rien, je ne supposai rien; je me dirigeai en droite ligne vers ce feu que j'estimai être placé entre moi et ces maisons saccagées dont j'avais encore le lamentable tableau dans le souvenir. M'étant ainsi orienté, en moins d'une heure et demie de marche je fus excessivement près du foyer de combustion. Lorsque je n'en fus plus qu'à quelque cent pas, le terrain, jusqu'alors uni, s'éleva brusquement, et je sentis que j'attaquais le revers d'un volcan. Le sol devint friable et criant sous mes pieds; je jugeai que je foulais d'anciennes laves. Du reste, ceci ne m'étonna pas. Je savais que presque toutes les îles de l'Océanie fourmillent de volcans éteints ou en éruption. Mais pourquoi cette émission de flammes n'avait-elle frappé ma vue que deux fois? pourquoi avait-elle cessé pour reprendre au bout de huit jours? Ce n'était point la marche ordinaire de ces violences physiques.

Toutes mes incertitudes cessèrent.

IV

Une lueur fatale m'attire. — D'où jaillissait-elle? — Nouveau péril auquel je suis exposé. — Le marchand est reconnu par son ancienne marchandise. — Trois cris. — La guirlande vivante. — Un tyran au poil et à la plume. — La télégraphie des bras. — A quel usage? — On sonne le dîner. — La vérandah. — Les salons et la cuisine. — Le pot de confitures de coing. — Sage réflexion que je me permets à ce propos. — Une soirée de singes verts et d'ouistitis. — Désespoir! je pince de la guitare. — Comment se termine cette délicieuse soirée.

IV

Au sommet du cône que j'avais franchi, une scène de la plus saisissante étrangeté m'attendait.

Des myriades de singes immobiles et silencieux, silencieux et immobiles jusqu'au moment où ils m'aperçurent, couronnaient la crête du cratère d'un petit volcan qui ne devait plus être depuis longtemps en activité.

Les flammes qu'il lançait par colonnes provenaient d'une combustion formidable alimentée par des bataillons de singes occupés à jeter dans ce trou des brassées de branches de thuya et d'érable, des arbustes tout entiers et des amas de feuilles sèches qu'ils se transmettaient les uns aux autres avec une incroyable rapidité, et comme les matelots se font passer de main en main, quand ils chargent un vaisseau, les marchandises qui vont du quai à la cale. Le bois qui tombait, branches, racines, écorces et feuilles, dans la gueule du cratère, venait peut-être d'une lieue au loin. L'abatis et le va-et-vient étaient inépuisables, le feu inépuisable, les bras en mouvement infatigables. Et c'était à donner le vertige de voir les flammes éclairer en dessous ces yeux scintillants, pétillants comme des étincelles électriques; ces barbes agitées, ces corps en sueur, ces figures ridées, ces jambes torses et ces bras velus se tendre, recevoir et jeter; de voir se développer dans un cercle infini, autour de ces ouvriers essoufflés, des spectateurs sérieux et graves comme des derviches en adoration devant le feu.

Mais à qui donc ces singes infernaux

avaient-ils vu pratiquer ce travail régulier de destruction, qu'ils avaient l'air maintenant de continuer sans pouvoir s'arrêter, comme des machines que ne saurait plus enrayer celui qui les aurait une fois mises en mouvement? C'est là ce que le hasard m'apprit quelque temps après [1]. J'ai dit que

1. Polydore Marasquin eût été moins surpris de voir des singes agir avec cet ensemble de volontés et cet accord d'idées qui lui semblaient le partage exclusif des facultés dévolues à l'homme, s'il eût connu ce passage de Kolo (*Description du cap de Bonne-Espérance*, t. III, p. 57 et suivantes) : « Voici la manière dont les singes pillent un verger, un jardin ou une vigne. Ils font, pour l'ordinaire, ces expéditions en troupe : une partie entre dans l'enclos, tandis qu'une autre partie reste sur la cloison en sentinelle, pour avertir de l'approche de quelque danger. Le reste de la troupe est placé au dehors du jardin à une distance médiocre les uns des autres, et forme ainsi une ligne qui tient depuis l'endroit du pillage jusqu'à celui du rendez-vous. Tout étant disposé, les babouins commencent le pillage et jettent à ceux qui sont sur la cloison les melons, les courges, les pommes, les poires, etc., à mesure qu'ils les cueillent à ceux qui sont au bas et ainsi de suite tout le long de la ligne, qui, pour l'ordinaire, finit sur quelque montagne. Lorsque les sentinelles aperçoivent quelqu'un, elles poussent un cri : à ce signal, toute la troupe s'enfuit avec une vitesse étonnante. »

tous ces singes incendiaires avaient été silencieux jusqu'au moment où ils m'aperçurent.

Ils m'aperçurent! Le silence fut rompu. A partir de cette minute, ineffaçable dans ma vie, il faudrait le pinceau nécromantique de Callot ou plutôt son ergot diabolique, qui a déchiré le cuivre et en a fait jaillir la *Tentation de saint Antoine*, pour écrire ce qui m'arriva.

D'abord un bruit qui faillit me coucher par terre, tant il avait le caractère d'un ouragan, succéda au silence contemplatif avec lequel toutes ces créatures jouissaient de la vue de leur enfer avant l'événement de ma présence.

On saluait ma bienvenue.

Leur éternel ennemi, l'homme, tombait au milieu d'eux.

Et un homme qui avait vendu des singes!

Un homme qui avait même vendu plusieurs d'entre eux à Macao!

Un homme qui les avait contraints à franchir des cerceaux et à jouer du tambour de basque!

Un homme qui les avait quelquefois fouettés pour les forcer à valser, une rose sur l'oreille, un chapeau de bergère sur la tête et une houlette à la main!

Un homme qui les avait quelquefois

durement privés de pain et d'eau parce qu'ils ne voulaient pas endosser des culottes de marquis et saluer à la française!

A quoi ne devais-je pas m'attendre?

Karabouffi premier, assis sur un bloc de lave, présidait cette fête, comme du reste il présidait toutes choses dans cette île, soumise, et je ne savais encore comment, à sa souveraineté. Ses ministres, on l'a vu, n'étaient que ses valets et ses bourreaux.

Je venais, ai-je dit, d'être aperçu.

Après ce grand bruit dont je viens de parler, tous mes anciens pensionnaires de Macao se ruèrent sur moi; les autres les suivirent.

J'allais être déchiré.

C'est au moment de cette crise que j'eus lieu de remarquer que les habits dont cette odieuse troupe s'était affublée portaient des boutons où je lus avec un étonnement qui ne fut pas loin de produire en moi une poignante certitude, le nom de la frégate du vice-amiral Campbell, c'est-à-dire *Halcion*.

Où étais-je donc alors? Que s'était-il donc passé?

Je ne l'aurais probablement jamais su sans le cri poussé par Karabouffi au moment suprême où je disparaissais sous une montagne de babouins, d'allouates, de mandrills, de magots et d'orangs-outangs.

Les griffes s'arrêtèrent.

Karabouffi avait d'autres intentions sur moi.

Il lança trois autres cris gutturaux écoutés avec une attention profonde.

L'ordre était donné, il allait être rempli.

Sur un dernier signe de Karabouffi, ces bouffons de la création se réunirent comme des paquets de serpents et formèrent rapidement deux chaînes. Ils se nouèrent l'un à l'autre par le prolongement de leur queue. Une moitié de cette chaîne vivante m'entoura le cou, l'autre moitié m'enlaça les deux jambes et je me vis, sans pouvoir opposer la moindre résistance à cet étranglement, le nœud, le point central de ces deux moitiés, qui ne formèrent bientôt plus qu'un tout, qu'une seule chaîne, qu'une seule guirlande animée, convulsive. Cette soudure opérée, la partie de la chaîne qui représentait la tête s'élança avec l'impétuosité d'une flèche sur l'autre bord du brasier; la partie qui représentait la queue ne se détacha pas du bord où j'avais été saisi; et un balancement vertigineux commença. Qu'on se peigne, si cela se peut, ma triste et ridicule situation, oscillant de droite à gauche et de gauche à droite, un brasier de cent mètres de largeur, tout rouge, tout béant sous moi.

Chaque ondulation devenant à chaque tour plus vive par l'ivresse toujours croissante de mes bourreaux, je fus porté de courbe en courbe à soixante mètres d'un côté, à soixante mètres de l'autre; puis... mais comment calculer cette effroyable progression dans la situation d'esprit où j'étais? Vingt mille spectateurs au moins, ou plutôt vingt mille grimaces, vingt mille contorsions, bordaient, sur une épaisseur de cinquante rangs, l'ouverture du cratère au-dessus duquel je flottais. C'était comme une forêt de poils, piquée de museaux jaunes et noirs, hérissée de dents qui remuaient et grinçaient. Et de distance en distance, de gigantesques magots, constables quadrumanes armés de bâtons, se dressaient pour rétablir l'ordre dans la fête. Quelle fête! Tantôt je me croyais lancé dans les nuages, tantôt je sentais l'ardeur du feu me brûler le dos. Je ne parle pas de la douleur que j'éprouvais à être ficelé, entortillé par ces cordes nerveuses qui m'entraient à vif dans les chairs. Et je n'étais pas au terme du supplice !

Le balancement formidable augmentant de seconde en seconde, la guirlande de singes dont je faisais partie dépassa bientôt son point ascensionnel le plus élevé, et alors ce ne fut plus un simple mouvement alternatif plus ou moins périlleux que j'éprouvai, mais un tournoiement d'abord rapide, puis acharné, puis foudroyant. J'avais été le balancier d'une pendule, je fus la roue d'une voiture, les ailes d'un moulin, la pierre d'une fronde. Et je tournai, je tournai, je tournai à devenir vert, rouge, pourpre, violet, bleu, à devenir fou. Je criai; mes cris de souffrance, de désespoir et de peur se perdaient au milieu des glapissements, des hourras, des hurlements frénétiques de ces myriades d'êtres malfaisants. Quand ils m'eurent assez secoué et fait piroiter à cœur joie, ils terminèrent ainsi leur atroce farce. Imprimant une dernière et furibonde secousse — ah ! c'est délirant à penser ! — à la courbe immense de la chaîne, lorsqu'elle fut parvenue au plus haut degré de violence giratoire, ils la rompirent d'un seul coup : elle se défit au centre que je formais moi-même. Je fus lancé comme une balle par-dessus les spectateurs dans l'enthousiasme, par-dessus tout, à cent mètres ou à deux cents mètres au loin. Comment n'ai-je pas été brisé en tombant ? Dieu me réservait-il pour d'autres supplices ?

A quoi pensiez-vous, me demanderont peut-être mes lecteurs, lorsque vous vous promeniez dans l'espace et d'une façon si en dehors des habitudes de notre organisation ? Je pensais combien nous sommes cruels quand nous mettons, pour varier nos plaisirs, des chats ou des chiens dans la nacelle d'un ballon, et combien j'avais été moi-même blâmable en attachant un jour un pauvre singe, qui en mourut d'effroi, à la queue d'un cerf-volant, afin d'amuser les oisifs de Macao. Moi aussi, je venais d'être attaché à la queue d'un cerf-volant. Quel droit avais-je de me plaindre? En revenant à moi, et j'ignore combien de temps dura l'évanouissement qui suivit mon horrible chute, j'aperçus deux mandrills de la scélérate espèce en sentinelle, le sabre à la main,

près de moi, imitant autant que la parodie imite la vérité, l'allure et la rigidité des factionnaires anglais. Mais, par défaut d'expérience, au lieu de se borner à mettre une guêtre à chaque jambe, chacun des mandrills avait mis quatre guêtres, une à chaque jambe, une à chaque bras. Je n'attribuai cette grotesque superfétation, je le répète, qu'à un pur défaut d'expérience, car les singes n'ont pas encore parmi eux, je le suppose du moins, des feld-maréchaux assez ingénieusement rapaces pour décréter une addition de costume sur laquelle, s'entendant avec les fournisseurs, ils gagneraient des millions.

Sans m'habituer encore à cette société automatique, je commençais cependant à m'expliquer vaguement pourquoi elle m'offrait la copie, copie fantasque et grimaçante, de la vie des hommes civilisés, de notre vie enfin. Ces boutons d'uniforme, vus par moi au moment de mon supplice, m'avaient envoyé une lueur au cerveau. A coup sûr, ces animaux à demi intelligents et ces hommes dont ils traînaient et souillaient les dépouilles avaient vécu ensemble. Le fait devenait désormais incontestable.

Sans doute il restait toujours à savoir comment les uns avaient eu les dépouilles des autres ; mais c'était là une question peu facile à résoudre immédiatement, surtout sur le terrain menaçant où je marchais. Essayez donc de réfléchir quand le foyer de la réflexion, la tête, est sous la menace perpétuelle d'une massue en bois de fer !

Les deux sentinelles aux quatre guêtres me voyant éveillé, m'ordonnèrent par un signe de les suivre. Je ramassai mes forces et j'obéis.

Ils me conduisirent aux maisons dont j'avais constaté le saccagement huit ou dix jours auparavant sous la protection de l'intéressante Saïmira.

Qu'était devenue Saïmira ?

Qu'était devenu Mococo ?

Qu'allais-je moi-même devenir ?

Mes deux gardiens m'introduisirent à coups

de plat de sabre dans celle des maisons qui offrait la plus belle apparence extérieure, et que je supposais avoir été le quartier général de la Station, l'appartement occupé par lord Campbell. Hâtons-nous d'ajouter que l'intérieur ne différait guère de l'intérieur désolé des autres maisons. Plus de portes; les rideaux de soie des croisées arrachés; les croisées démantelées. Pourtant, une espèce d'ordre régnait au milieu même de ce lamentable chaos. Ainsi, les tableaux, après avoir été chassés de leurs clous, avaient été remis en place, mais renversés, c'est-à-dire que les paysages, par exemple, avaient la cime de leurs arbres en bas. J'avoue que, pour quelques-uns de ces tableaux, la chose était parfaitement indifférente, et que pour quelques autres elle était un réel avantage. Je ne serais pas étonné que beaucoup de gens fussent de mon avis, après avoir essayé l'effet de ce renversement sur quelques tableaux modernes.

Karabouffi premier, prévenu de mon arrivée par un ricanement de mes sbires, courut au-devant de moi. La vue du babouin me fit peur, plus peur encore que de coutume. Voici à quoi tenait ce surcroît de terreur. De haut en bas il était couvert de plumes. Ce

singe métamorphosé en oiseau me remplit d'abord d'une surprise grossie d'épouvante. Cependant, l'ayant mieux examiné, je m'assurai que les milliers de plumes sous lesquelles il avait presque disparu étaient des plumes à écrire. Que signifiait?... Oui, des plumes qu'il avait fourrées sous ses bras, sur ses oreilles, dans la bouche, même dans le nez, et qu'il avait fichées surtout dans la masse ondoyante de ses poils. Dans le mouvement qu'il fit pour venir vers moi, quelques-unes de ces plumes s'étant détachées, je remarquai que la plupart étaient taillées. Les deux orangs-outangs qui l'accompagnaient et qui paraissaient être ses premiers ministres, étaient pareillement couverts de plumes, toutes taillées aussi.

Il me précéda dans la pièce principale d'où il était sorti pour me recevoir, et là je vis une centaine de sapajous très agités, très affairés, renversés sur des pupitres, trempant des plumes et bien souvent leurs bras dans des encriers sans nombre, écrivant ensuite sur des feuilles de papier placées devant eux, imitant enfin les expéditionnaires de nos administrations publiques à Macao. Ils allaient comme le vent ; les plumes criaient, les feuilles volaient.

Quand l'un de ces papiers était suffisamment noirci, barbouillé par ces sapajous, ils le passaient à des sapajous plus vénérables; ceux-ci le signaient et à leur tour le renvoyaient à d'autres sapajous encore plus graves; ceux-là signaient encore le papier, mais ils y appliquaient leur sceau. Remis ensuite par eux à d'autres sapajous qui attendaient au dehors, le papier était transmis sans perte de temps à des sapajous plus alertes placés plus loin et de distance en distance, ainsi que j'avais vu faire quand ils jetaient du bois dans la fournaise où j'avais tant failli être jeté moi-même. Puis, au bout de dix minutes, le papier, qui avait parcouru l'île au moyen de ce procédé télégraphique, revenait encore aux mains de Karabouffi qui, après s'être mouché dedans, le remettait à un vieux mangabey, investi sans doute de la dignité d'archiviste.

Pour moi, il était évident que toutes ces créatures sauvages, après le départ, la fuite et peut-être l'assassinat de la station anglaise, — qui peut dire lequel des trois ? — s'étaient emparées de tous les papiers de la comptabilité, de toutes les plumes qu'elles avaient trouvées, du sceau du vice-amiral, et que, par imitation servile de ce qu'elles avaient vu si fréquemment pratiquer, elles expédiaient à tort et à travers des ordres de tous côtés, faisant ainsi, sans y songer, une critique fort spirituelle de la bureaucratie européenne, cette peste qui dévore le temps, l'argent, les hommes, et se termine toujours par un papier dans lequel le dernier qui le reçoit a le droit de se moucher, et s'y mouche.

Karabouffi me lança impérieusement au visage plusieurs mains de papier, plusieurs paquets de ces plumes toutes taillées. Le geste expressif qu'il m'adressa ensuite m'apprit que j'avais à me servir sans réplique de ces plumes et de ce papier, absolument comme ceux de ses employés qui instrumentaient devant moi.

Pendant trois fois vingt-quatre heures, lui et les siens ne me permirent ni de quitter ma place ni de laisser reposer ma plume. Je fus contraint, sous peine de tout ce qu'on peut imaginer de terrible, de noircir à tour de bras, et dans tous les sens, des montagnes de papier; et quand toutes ces feuilles avaient disparu sous des nuages d'encre, un de ces scribes bizarres les retirait à mesure de dessous ma main et les remettait, ainsi

que je l'ai déjà dit, à une série de singes chargés de leur faire faire le tour de l'île. Pendant soixante-douze heures je n'eus pas même le repos de la nuit, car mes ennemis, doués la plupart, comme on sait, de la faculté d'y voir dans l'obscurité, dès qu'il m'arrivait de fléchir sous le poids du sommeil, me poussaient le bras, me tiraient cruellement par les cheveux, me piétinaient sur les épaules ou me labouraient le visage avec leurs ongles. Quelle torture!

Oh! comme je pris en sincère pitié alors ces jeunes générations d'hommes condamnés, par la médiocrité de leur naissance ou la stupidité de leurs parents, à écrire du matin au soir dans une administration! Dans l'enfer il doit y avoir un cercle où de profonds coupables subissent ce genre de peine bureaucratique. Les adultères, qui ont tous la manie d'écrire des lettres, sont peut-être condamnés à ce supplice que j'endurais mais si gratuitement, moi, parmi les singes.

Le quatrième jour de ce singulier travail pénitentiaire, j'entendis retentir une cloche, et à ce bruit je me crus sauvé. Je ne pouvais attribuer qu'à un homme la faculté d'employer cette manière d'appeler. Aussi quittai-je résolument ma redoutable besogne et me mis à courir de toute la rapidité de mes jambes vers l'endroit où je supposais qu'on agitait la cloche. D'ailleurs, j'étais décidé à mourir plutôt qu'à demeurer plus longtemps à la place où la contrainte et les coups m'avaient enchaîné pendant trois jours et trois nuits. Mes gardiens n'osèrent pas me retenir. J'arrivai tout d'une haleine sous le poteau auquel était fixée la cloche : mon désappointement fut complet; ce n'était pas un homme qui tirait le cordon qui la faisait mouvoir, c'était... ai-je besoin

de dire qui c'était? Oui, ils avaient appris même cet exercice, à la vérité plus facile à copier que bien d'autres, mais dénotant toutefois une succession d'idées assez compliquées, ainsi qu'on va en juger.

Le poteau de la cloche s'élevait à l'angle d'une vaste cour dont les quatre côtés étaient formés par une galerie de pièces élégantes à arceaux; elle recevait l'air et la lumière à travers une immense tente de toile rose toujours ballonnée par le vent, et jouissait de l'éternelle fraîcheur qui montait d'un bassin naturel ouvert au centre même du carré. Un gazon abondant, des arbustes et des fleurs composaient une ceinture à ce gracieux bassin. Réunis en bouquets par le ruban des lianes, cette chevelure des tropiques, des bambous couraient de leur taille fine et de leur feuillage lustré jouer avec le voile transparent du plafond aérien, à soixante pieds du sol. Dans l'Inde, on appelle cette partie principale de la maison, ce foyer d'air par où elle respire, une vérandah. L'Inde a-t-elle emprunté les vérandahs aux

Maures, ou bien les Maures ont-ils pris les vérandahs aux Indiens pour les transporter en Espagne et en Portugal? C'est là ce que j'ignore. Tout ce que je sais, c'est que les habitants dînent là pendant les fortes chaleurs s'y promènent le soir et y dorment souvent la nuit. Les divans de Caboul, les tapis de Cananor, les nattes de Ceylan, les hamacs de Manille, sont les meubles ordinaires des vérandahs.

Karabouffi, qui s'était appliqué sans façon les plus beaux logements, avait choisi la vérandah pour lui et sa cour. Profitant des longues tables toujours dressées et destinées aux officiers de la station, lui et sa suite y mangeaient quelquefois aussi, bien entendu sans jamais changer le couvert. Je tombai, en arrivant à la vérandah, au milieu du plus navrant spectacle qu'on puisse imaginer : c'étaient des assiettes éparses, des porcelaines fracassées, des plats d'argent semés partout, des carafes fendues, des fourchettes piquées par leurs dents dans le bois de la table, des bouteillles couchées sur le flanc, des verres empilés les uns dans les autres.

La cloche que j'avais entendue avait sonné le dîner.

Karabouffi se carra au milieu même de la table, entre une soupière et un huilier; ses favoris s'assirent autour, dessus et dessous.

J'avoue que, par la faim dont j'étais travaillé, je glissai très indifféremment sur le caractère des convives et sur leur posture. Les Français mangent assis; les Anglais mangent sans serviette; les Chinois mangent avec de petites baguettes d'ivoire; les Orientaux avec leurs mains et sans fourchette; les Thibétains mangent debout; les Romains mangeaient à demi couchés; les Indiens américains mangent avec des arêtes de poisson en forme d'aiguilles. Pourquoi trouver mauvais que d'autres êtres mangent comme ils l'entendent?

Seulement il faut avoir de quoi manger. Les végétaux que se bornaient à dévorer mes compagnons de table, et qu'ils voulaient parfois me fourrer dans la bouche, ne me souriaient pas beaucoup. Pourtant je souffrais cruellement de la faim. Pendant que je promenais des yeux attristés et hagards autour des galeries de la vérandah, dont chaque arceau, je l'ai dit, indiquait une pièce distincte, songeant aux bons repas qu'avaient pris là les Anglais, un écriteau frappa ma vue. Il était placé au-dessus d'un arceau assez éloigné; il portait ces mots peints en couleur noire sur un fond blanc : *Cuisines de l'honorable état-major*. J'y courus et plus vite encore peut-être que je n'avais couru au bruit de la cloche. Cuisines! et cuisines au pluriel! il y avait plusieurs cuisines! Inutile de dire que je fus suivi dans mon élan impétueux par les grands dignitaires de Karabouffi, foule plus intriguée qu'hostile en ce moment. Une curiosité générale semblait me protéger contre la perversité habituelle de mes tyrans quadrumanes.

J'allai si vite que je pénétrai dans une grande pièce de la vérandah placée quatre arceaux avant les cuisines. Les quatre arceaux mesuraient l'étendue d'un salon de réception fort beau, très vaste et bien moins maltraité surtout que les autres divisions de la vérandah : les fauteuils ne me parurent qu'à demi écorchés; le lustre et les bras de cuivre doré chargés de rameaux ornaient encore le plafond et les murs. Quelques meubles, dont les envahisseurs n'avaient sans doute pas deviné l'usage, étaient demeurés même à peu près intacts : c'étaient un piano, un accordéon et une guitare. Je jugeai, à toutes ces preuves de demi-conservation, que le souvenir des châtiments qu'ils avaient dû nécessairement recevoir des mains des cuisiniers, leurs ennemis naturels, les tenait éloignés de ce parage des cuisines, dont ils sont, eux, comme on sait, les gaspilleurs éternels.

Du salon de réception je passai dans la salle à manger, placée sur le derrière de la vérandah, et de la salle à manger dans les cuisines. Hélas! depuis des semaines, de-

puis des mois peut-être que les Anglais avaient disparu, je ne devais pas m'attendre à voir des pièces de gibier à la broche, des chevreuils ou des lièvres blancs. Tout était froid et mort. Mes singes avaient passé par là. Mais tout singe qu'ils étaient et qu'ils seront toujours, ils n'avaient pas su ouvrir les armoires. Les ongles de ces déprédateurs y avaient laissé leur passage écrit en longs sillons; c'était tout. Moi, je les ouvris ces armoires! La Providence m'avait guidé. Elle éclata en pots de graisse d'oie, en pots de salaisons, en pots de confitures, en boîtes de conserves : conserves de poissons, conserves de végétaux, conserves de volailles. Jugez si je me jetai avec avidité sur ces trésors.

La prudence me commandait de ne pas être ingrat. J'offris un pot colossal de confitures de coings à Sa Majesté Karabouffi. Il y fourra sa tête jusqu'aux épaules; mais ses sujets, envieux et jaloux, voyant cela, se mirent aussitôt à le tirer par la queue et par les jambes, afin de lui disputer sa possession. Karabouffi tint bon. Lui et le pot résistaient avec succès. Néanmoins je crois qu'un chef prudent ne doit pas trop manger de confitures de coings devant ses sujets. La lutte continuait, le pot commençait à se fendre, infailliblement une révolution allait jaillir de cet incident, si insignifiant en apparence. Pour ma part, je jugeai qu'une révolution en ce moment ne tournerait peut-être pas à mon avantage. Un Karabouffi mort, vingt Karabouffis surgiraient. Cela s'est vu. On a même remarqué que le dernier Karabouffi valait toujours moins que les autres. Donc, afin de prévenir une immense catastrophe, voilà ce que j'imaginai. Je vidai

un sac de noix par terre. Soudain courtisans et sujets, laissant leur chef se repaître de confitures, coururent après les noix.

En bonne politique, il convient de jeter de temps en temps un sac de noix entre gens qui se disputent.

Il y eut trêve dans le mécontentement général; j'en profitai pour goûter à une foule de délicieuses conserves qui m'étaient tombées sous la main. J'eus soin, en les savourant, de tenir toujours l'armoire à demi fermée, afin que mes espions ne manifestassent pas le désir de partager avec moi. Ils auraient tout enlevé en un clin d'œil. Mais je ne fus bien avisé qu'à demi. On va le voir. Après avoir bien mangé, je pris une bouteille de vin dans un panier, j'en cassai le goulot et me mis à boire. Je buvais avec bonheur, je bus avec extase. Je m'oubliai dans mon extase. Je laissai s'agrandir l'ouverture de l'armoire. Or, tandis que je comptais les étoiles, selon l'expression de Sancho Pança, mes drôles se faufilèrent dans l'armoire, tombèrent sur les paniers de vin, s'emparèrent des bouteilles, ainsi qu'ils m'avaient vu faire : vous devinez le reste.

Une fois ivres, ils se dirent des injures en langage de singe, et ce doit faire frémir; ils se lancèrent à toute volée des plats à la tête, et ils s'atteignaient toujours; ils se cassèrent frénétiquement des bouteilles sur le dos, et pas une ne manquait de se briser. « Ah! me disais-je, que la nature a bien fait d'indiquer à l'homme, sa créature de prédilection, la constante modération qu'il doit apporter et qu'il apporte dans l'accomplissement de ses désirs! » Aussi ne tombe-t-il

jamais, à table, dans ces excès scandaleux où je voyais se vautrer ces tristes copies de l'homme.

J'étais enchanté pour mon espèce.

On a prétendu, je le sais, que quelques hommes s'oubliaient parfois au dessert et perdaient un peu de leur sang-froid. On cite Alexandre, qui tua Clytus après boire; Charles XII, qui souffleta sa mère au sortir de table. Mais voyez combien les exemples sont rares! on est obligé d'aller les chercher au fond de l'histoire. Je sais encore qu'on a prétendu que nos plus grandes maladies résultaient du temps trop prolongé que nous passions à table et de l'abus que nous faisions des vins et des liqueurs. Rien ne prouve absolument cela. D'ailleurs, que sont quelques suppositions auprès de l'affreuse réalité étalée sous mes yeux?...

J'aurais trouvé des comparaisons encore plus flatteuses pour l'homme devant ce spectacle révoltant, si j'avais eu l'esprit assez calme pour m'abandonner à l'orgueil des comparaisons entre cette espèce dégradée et la nôtre; mais la nuit venait, et je la voyais s'avancer avec une crainte inexprimable : cette fois, je n'avais pas, comme le premier jour de ma funeste descente dans l'île, la ressource de m'enfoncer dans les bois et d'échapper à mes ennemis. Ils étaient là, ils étaient ivres, et j'étais au milieu d'eux.

Ma position n'était pas gaie dans ce pandémonium en délire, se livrant autour de moi, dans l'obscurité, aux excentricités les plus effroyables. L'obscurité, cette redoutable obscurité, doublait mon épouvante. Tout moyen de fuir m'était ôté. Je m'attendais à être déchiré, étranglé, étouffé, déchiqueté sur place. Aucune issue ouverte devant moi, aucune !

Dans l'excès de mon exaspération, l'idée me vint de me cacher dans une armoire et de me dérober ainsi au sort dont j'étais menacé. C'est en cherchant à mettre à exécution ce projet impossible, vu l'étroit espace où j'aurais été forcé de me blottir, que je déplaçai le couvercle d'une caisse. Ma main y pénétra, et elle saisit, sans trop avoir la conscience de son action, un objet assez lourd. Je tâte, je regarde autant qu'une clarté douteuse le permet. Oh bonheur ! c'était un paquet de bougies. Des bougies ! la caisse en était remplie. Aussitôt je tirai mon briquet de la poche et j'en allumai une. J'en tremblais d'émotion. Délivré de l'horreur des ténèbres dans les conditions où j'étais! J'avais de la clarté pour toute la nuit! Quelle surprise miraculeuse! quelle joie! Seulement, je ne remarquai pas qu'en fermant l'armoire, pour que mes espions ne me jouassent pas quelque mauvais tour, comme pour le vin, j'en avais enfermé un sous clef. Il poussa un cri d'alarme. J'ouvre à ce cri aigu, qui pouvait m'attirer une fort mauvaise affaire. C'était fini. Mon captif délivré se place, s'accroche entre les deux battants de façon à se faire écraser si je persiste à les fermer... Les autres profitent de la brèche et pénètrent dans la place, c'est-à-dire dans l'armoire, et la caisse est pillée, pillée en un clin d'œil. Les voilà allumant tous leurs bougies à la mienne, s'agitant ensuite tournoyant aux lueurs répétées de ces folles flammes dont leurs petits yeux sataniques sont à la fois éblouis et ravis. D'une terreur je tombai dans le frisson d'une autre : maintenant ils allaient me brûler comme un fagot, avec toutes ces flammes tremblantes, si mal assurées entre leurs doigts, que quelques-uns se grillaient déjà le poil. J'eus une inspiration tirée même du danger nouveau que j'avais appelé sur moi.

Je traversai la salle à manger, je me rendis au salon de réception, et là je plaçai une de mes bougies sur le rebord d'une fenêtre, et j'en allumai une seconde que je fixai sur un autre appui. M'ayant vu faire, que ne feraient-ils pas? ils se hâtèrent comme moi de poser leurs bougies partout où ils découvrirent une place. J'avais réussi: les bougies cessaient de jouer un rôle incendiaire dans l'orgie; mais, tout en agissant ainsi, ils avaient l'air de se rappeler maintenant qu'ils avaient vu le salon éclairé d'une façon à peu près semblable, sans doute quand le chef de la station donnait quelque soirée ou quelque bal. Ils échangeaient des regards d'intelligence. La réminiscence gagnait de place en place. Bientôt, et je considérai ce mouvement de leur dart comme une preuve de cette entente qui venait de m'être révélée, ils firent la courte échelle et allèrent placer des bougies dans les bras de cuivre fixés aux murs et dans le lustre du plafond. Je m'étonnai moins de cette action, qu'ils reproduisaient comme ils reproduisent tout, que je n'av is envie de rire, quoique mon cœur ne fût guère gai en ce moment.

Ce qui me prouva jusqu'à l'évidence qu'ils avaient vu donner des soirées et des fêtes dans ce salon, c'est que l'un d'eux, plus heureux en efforts de mémoire que ses malicieux compagnons, bondit, dès que l'illumination fut complète, sur les touches du piano, et les frappa avec ses mains de devant. Il avait vu toucher du piano! Jugeant, aux contorsions enthousiastes manifestées autour de lui, qu'il était apprécié il se mit à frapper aussi les touches avec ses mains inférieures. Applaudi encore plus fort par son auditoire, il battit alors le clavier avec ses quatre mains nerveuses, sa tête échevelée, son dos barbu et avec l'extrémité même de son dos ! À l'exemple d'un fameux pianiste allemand dont j'ai entendu parler. Et peut-être n'est-ce pas plus désagréable à entendre que le fameux pianiste allemand. Je n'affirmerai rien à cet égard ; mais comme les singes sont plus naturels dans leurs extravagances que les hommes, créés par Dieu pour être sérieux et graves, je donnai hautement, à tout hasard, la préférence au singe. En somme, cette musique, quoique un peu enragée, était fort dansante, comme on dit ; si bien que cocaïtas, mangabeys, orangs outangs, talapoins, singes capucins, singes verts, singes nocturnes, magots, callitriches,

bonnets chinois, ouarines, pithèques, babouins, sajous, sapajous, ouistitis, mandrills, allouates, se mirent à danser avec fureur, avec frénésie, au son de ce piano démantelé. Ce n'était pas beau, non! mais qu'on me pardonne la comparaison, je crus voir dans tous ces singes en costumes traînants et la barbe épaisse, de nos élégants d'Europe qui ont, eux aussi, des barbes de boucs et de singes, et dont les habits sont pareillement bien ridicules parfois.

Décidément c'était un bal; un bal que se donnaient les singes, un bal comme ils en avaient souvent vu donner eux-mêmes, aucun doute n'était plus permis désormais, par le chef de la station navale à ses officiers, à ses administrés et à leurs femmes.

Karabouffi, et je ne devinai pas pour quel motif, avait depuis quelques minutes déserté le bal.

Jusqu'ici la soirée ne se ressentait pas trop de cette auguste absence. Ah! comme les misérables dansaient et polkaient! C'était une tempête, un tourbillon; j'en étais brisé pour eux. Au plus fort de ma surprise, j'en éprouvai une nouvelle qui vint m'expliquer l'absence de Karabouffi.

Il y avait à peu près une heure que la fête se tenait dans les régions exaltées que j'ai dites, quand je vis arriver, conduits par des cavaliers en gants paille, quels gants et quelle paille! des groupes sémillants de jeunes et alertes guenons, toutes parées de superbes robes de soie et de blanche mousseline, drapées dans de magnifiques châles de Lahore, ornement un peu chaud peut-être pour la contrée, toutes éblouissantes des plus charmants détails de toilette qu'on puisse rêver. Ce bal ne devait pas être sans femmes, ce printemps sans fleurs. Mais parlons encore un peu du costume de ces dames et de ces demoiselles. Sans doute quelques-unes avaient du rouge sur le nez et du blanc jusqu'au menton; sans doute quelques-unes montraient jusqu'à la ceinture leur poitrine osseuse et maigre; sans doute encore on se serait passé de voir leurs bras poilus et nerveux; mais nos bals d'Europe, si délicats et si choisis, sont-ils sans nez avec du rouge, sans menton avec du blanc, sans poitrine osseuse et sans bras nerveux? N'exigeons donc pas de la faiblesse et de la démence particulières à certaines créatures incomplètes ce que nous ne demandons pas à la sagesse et au bon goût de notre civilisation.

Au point où j'en suis arrivé dans ce récit de mes Émotions, je n'ai pas besoin, je suppose, de dire comment toutes ces vives et folles guenons s'étaient procuré des coiffures, des gants, des souliers et des robes. Chacun devine qu'elles les avaient eus au même titre que leurs maris ou leurs fiancés avaient des habits d'officiers et des gants paille : en les enlevant aux femmes et aux filles des officiers anglais. Ceci n'était pas plus inconcevable que cela.

Suivons donc le bal et applaudissons à une innovation digne de franchir la Ligne et les deux tropiques pour aller se naturaliser en Europe, soit en Espagne, soit en Portugal, soit à Londres, soit à Paris. Beaucoup, parmi ces délicieuses guenons, dansaient avec des ombrelles roses, vertes, oranges ou bleues, déployées sur la tête de leurs cavaliers, et penchées par elles avec une coquetterie exquise d'attitudes et de mouvements. Rien de joli, je le proclame, comme cette innovation, née pourtant de la fantaisie déréglée de ces êtres incroyables. Je me souviendrai toute ma vie de la polka des ombrelles. Seulement, il est à craindre qu'en France, où l'on pousse toutes les modes à l'excès, on ne passât de l'ombrelle au parapluie, ce qui ne serait pas tout à fait aussi gracieux.

C'est au sein de cette foule brillante de ravissantes guenons et de charmants cavaliers, que je vis s'avancer Karabouffi premier, donnant le bras à Saïmira, à la belle, à l'intéressante Saïmira; mais Saïmira était toute tremblante de peur, émue de se voir ainsi livrée en spectacle. Sa présentation me donna tout de suite la clef de sa position fatale, mais non pas sans exemple; position que sa douce mélancolie m'avait laissé déjà soupçonner. Saïmira avait été enlevée à l'amour, à la tendresse de Mococo, par le redoutable Karabouffi. Karabouffi en avait fait sa femme ou sa maîtresse. Mais Saïmira n'était pas de ces lâches créatures qui, pour avoir quelques perles au front et un lambeau de velours sur les épaules, vendent leur jeunesse, leur beauté, leurs lèvres et leur cœur, leur cœur déjà donné à un autre. La touchante chimpanzée avait autant de larmes dans les yeux que son abominable tyran avait d'impudence, de suffisance et de fatuité dans les moustaches. On sentait enfin que, si sa jeunesse, ses charmes, sa personne, en un mot, étaient là, sa pensée, sa vie, son âme erraient autour de la cage de fer, aux barreaux de la prison de son ami, le tendre et infortuné Mococo.

Parmi ces essaims de guenons, dont la tenue, sans affecter la plus austère décence, ne prêtait pas trop non plus à l'anathème, je distinguai d'autres guenons d'un caractère infiniment plus équivoque, et que je reconnus à première vue pour avoir appartenu autrefois à ma si regrettable ménagerie de Macao. Je me souvins également de leur avoir appris, les reconnaissant plus propres à certain genre d'éducation que leurs compagnes, à marcher comme des mousquetaires, à secouer vigoureusement la main aux hommes, à porter des jupes si amples et si arrondies qu'on était toujours tenté de les prendre par la tête et de les agiter comme des sonnettes, tant elles avaient de l'analogie avec les sonnettes ; à fumer du matin au soir et même la nuit des cigarettes dont elles avalaient la fumée pour la rendre ensuite par le nez, à l'instar des contrebandiers espagnols ; à se coiffer avec des chapeaux si petits et placés si au bord de la tête, qu'on était toujours sur le point de leur crier dans la rue : « Madame ! madame ! prenez garde, vous perdez votre chapeau. » Je leur avais appris aussi à danser en jetant le corps en avant, à saluer avec la familiarité d'un groom de mauvaise maison, à jouer de l'éventail avec leur genou, à représenter entre elles des scènes de pantomimes. Enfin, j'avais eu le tort d'en faire des êtres tellement à part, qu'elles étaient, par rapport aux autres guenons, de véritables actrices. J'ai dit le mot et la chose : c'étaient des actrices. Quand ces sortes de guenons sont jeunes, elles n'ont aucun talent ; quand elles parviennent à avoir du talent, oiseaux rares ! elles n'ont plus aucune beauté. Mais, du reste, ce n'est ni par le talent ni par la beauté qu'elles font leur chemin. Ainsi, celles que le hasard me signala dans cette soirée étaient vieilles, fourbues, lézardées, quelques-unes même n'avaient plus de dents ; ce qui ne les empêchait pas d'être mille fois plus recherchées, mille fois plus adulées que les autres guenons, par les plus nobles et les plus séduisants cavaliers. Il n'est sorte d'attentions charmantes, de prévenances fines, de faiblesses démonstratives qu'ils n'affichassent pour elles. Celui-ci dénouait sa chaîne d'or et la passait au cou éraillé d'une de ces dames en parchemin ; celui-ci mettait toute son âme dans le regard qu'il dardait sur la poitrine désolée de celle-là. Quelle pitié ! Cet élégant sapajou, jeune, agréable, bien fait, qui passait même pour le fils du premier ministre de Karabouffi, se mourait d'amour, l'imbécile ! aux pieds, aux pieds énormes d'une insignifiante et blonde guenon, au nez de carlin, maigre, sèche et jaune comme un bâton de vanille à force de se serrer la taille.

Enfin, il n'est pas une de ces guenons, les

unes hors d'âge, les autres hors de tout ce qu'on peut imaginer, qui ne fît les folles délices de cette soirée enchantée, et cela uniquement parce qu'elles étaient actrices! Devant tant de dégradation, il me fut tout à fait impossible de mettre cependant notre noble espèce beaucoup au-dessus de celle de ces pauvres créatures, de ces malheureux singes privés de la lumière sacrée de l'intelligence. Comme ils ne liront jamais ces lignes, j'ose nous donner en passant cette petite leçon de modestie, afin que notre orgueil ne nous entraîne pas toujours à nous croire constamment et en tout supérieurs au reste de la nature. Devant la corruption de l'actrice, l'homme et le singe sont égaux en stupidité [1].

Si l'on s'étonnait du calme dont je paraissais jouir après les crises périlleuses que j'avais traversées, on méconnaîtrait complètement l'organisation de cette race fantasque à laquelle ma mauvaise étoile m'avait livré. Elle a la faculté ou le malheur, comme on voudra, de se souvenir et d'oublier avec la soudaineté du fluide électrique. Au moment où l'un de ces animaux s'élance pour vous dévorer, — qui n'a été témoin de cette réac-

1. Qu'est-il besoin de dire ici qu'il n'y a aucun rapport entre les prétendues actrices dont Polydore Marasquin raille les ridicules et les vices et l'actrice véritable, l'actrice enfin qui conserve sa beauté pour l'honneur de sa maison et consacre son talent la gloire de son pays ?

tion bizarre ! — souvent il s'arrête net pour se gratter l'oreille ou pour marcher à patte de velours derrière une mouche ou une fourmi ; de même qu'au moment où on le croit tout entier occupé à guetter une mouche, il se jette brusquement sur vous et vous déchire le visage. Tel est le singe.

Ce calme dont je m'étonnais moi-même fut rompu de cette manière. J'ai dit qu'il y avait une guitare et un accordéon dans le salon où l'on dansait. Sur un signe de Karabouffi, on m'invita à faire ma partie dans un trio ainsi organisé. Une guenon se mit au piano, un sapajou s'empara de l'accordéon ; je fus favorisé de la guitare. Comme j'hésitais jusqu'à me ravaler à cette complaisance, l'orgueil est incorrigible ! je reçus sur le sommet de la tête un coup si brutal avec le dos de l'instrument dédaigné par moi, que je me crus mort. J'eus pendant trois jours un bourdonnement insupportable dans les oreilles. Ce fut là, je crois, le dernier bienfait rendu à l'humanité par cet odieux morceau de bois à six cordes. Je sus immédiatement jouer de la guitare. Quel trio ! Cependant, en l'écoutant bien, on découvrait, à une grande profondeur, il est vrai, les éléments de la musique primitive chez les peuples de l'Océanie. Si j'avais eu le sang-froid de noter cet air, il aurait pu être exécuté plus tard par les élèves du Conservatoire de Paris comme un échantillon du sentiment lyrique et religieux chez les sauvages au moment où ils voient se lever le soleil, père de la nature.

On voit, par cette scène musicale, combien il me fallait peu compter sur de meilleures dispositions de la part de ces fous furieux acharnés sur ma personne ; pas assez fous, cependant, pour ne pas mettre dans leurs persécutions un calcul diabolique, et ce calcul était de m'imposer l'humiliante obligation de faire comme homme tout ce que je leur avais fait faire autrement comme

singes. Je leur avais imposé de jouer du violon en public, quand ils étaient mes pensionnaires : ils m'imposaient de pincer de la guitare, maintenant que j'étais devenu leur prisonnier; je les avais forcés de danser sur la corde, de monter à l'extrémité d'une perche : ils apportèrent une perche et ils m'ordonnèrent impérieusement, par des signes d'une interprétation fort claire, d'avoir à y grimper.

Une sueur froide me coula du front, quoique la salle fût en ébullition, en voyant le rôle abrutissant auquel j'étais condamné. Amuser des singes, moi un des premiers citoyens de Macao ! moi baptisé à l'église de Saint-Philippe-le-Majeur ! moi Portugais honorable ! La perche fut dressée au point central de la salle, et, pour la soutenir dans la position verticale, trente quadrumanes de trois tailles différentes se disposèrent d'une manière fort ingénieuse et que nous allons dire. Les plus petits, après s'être assis par terre, tinrent la perche fixée debout au milieu d'eux; ceux de taille moyenne collèrent leurs mains à la perche un cran au-dessus et leurs pieds s'arc-boutèrent fermement contre le sol à un mètre de distance; les plus grands, et c'étaient des orangs-outangs et des mandrills, jetèrent leurs gigantesques bras par-dessus les bras des autres et leurs jambes en manière de contreforts, au delà des jambes des rangs inférieurs. C'était, on le voit, une roue formée de cuisses nerveuses, d'épaules serrées les unes contre les autres, de bras d'acier dont l'axe était la perche même dressée devant moi comme un gibet.

Un regard de Karabouffi m'enjoignit une seconde fois l'ordre de monter à la perche. Comme je balançais à m'élancer par-dessus ce piédestal vivant pour grimper à la perche, un mangabey, un géant de sept pieds, roidit sa longue queue et m'en flagella, en guise d'aiguillon, deux coups si vifs, un dans le dos, l'autre dans les jambes, que je bondis de rage et de résolution, et m'élançai.

Le dirai-je? malgré mes plus grands efforts musculaires, je ne pus jamais atteindre à la moitié de la perche; mais, en revanche, j'étais fort disgracieux dans cet exercice inaccoutumé; je glissais, je me rattrapais; j'essayais de nouveau, je glissais encore; nouveaux efforts, nouvelles reculades; et cela au milieu des signes les moins équivoques de désapprobation. On murmurait ici, on ricanait plus loin; on sifflait partout. Quelle revanche ces misérables prenaient sur moi! Mon Dieu, oui, je les avais fouettés quand ils grimpaient gauchement à Macao; mon Dieu, oui, je me moquais d'eux. Après tout je suis un homme, moi; j'ai reçu la double lumière de l'intelligence et de la foi, tandis qu'eux... Au fond, cela me donnait-il bien le droit de les fouetter, de les insulter, de les battre? C'est à examiner de sang-froid.

L'exercice de la perche m'avait brisé, il avait aussi brisé mon pantalon et les manches de mon habit, l'un et l'autre déjà horriblement éprouvés par les péripéties de mon naufrage. Comment allais-je les renouveler, dénué de tout comme je l'étais? Mais en ce moment ma peau [illegible]andait plus de sollicitude que mes habits, dont je ne m'occupai, à la vérité, que longtemps après l'événement de la perche, si toutefois je leur accorde un regret ici en passant.

Jamais je n'arrivai au dernier tiers de la perche. Probablement j'y serais encore attaché sans un accident qui vint mettre fin à mon ridicule supplice. Trop faible apparemment pour supporter le poids de mon corps au point extrême où je m'étais exhaussé après des efforts inouïs, la maudite perche cassa et je tombai dans l'arène, moulu de ma chute et des moqueries dont je fus accablé. Je restai étourdi, confus, inerte et dégradé au milieu de cette tourbe impitoyable et railleuse.

Sans le doux et encourageant regard de Saïmira, toute préoccupée, je m'en étais aperçu, du projet de me tirer de l'exécrable position où j'étais, je me serais fait sauter la cervelle d'un coup de pistolet. Mais Saïmira m'invitait toujours à résister. Elle semblait me dire comme cet empereur du Mexique : « Et moi, suis-je sur un lit de roses? »

En attendant qu'elle eût trouvé le moyen de me sauver, voici le nouvel intermède que je fus appelé à remplir dans cette brillante soirée :

Je fus tiré de l'amère confusion de ma chute par un coup de lanière pareil à celui qui m'avait fait monter si malgré moi à la perche. Seulement la queue sèche et nerveuse du mandrill me toucha cette fois moins brutalement. On ne voulait que m'éveiller. Je vis devant moi un de mes nouveaux maîtres, — car j'étais devenu leur chose comme ils avaient été autrefois la mienne, — se gratter comiquement la cuisse, décrire en l'air de joyeuses cabrioles, me tirer une langue moqueuse, pirouetter sur la tête, les jambes écarquillées en fourchette, enfin faire mille grimaces que je leur avais enseignées moi-même à Macao. Après quelques minutes de ce spectacle qu'il semblait plutôt donner pour moi que pour les autres spectateurs, il s'arrêta, me regarda et attendit. Mais qu'attend-il donc de moi? Un second coup de la lanière vivante qui terminait le dos du mandrill m'avertit que ce qu'on attendait de moi était la reproduction publique des tours d'équilibre et d'adresse qu'on avait daigné exécuter à mon intention. La preuve que je ne me trompais pas sur le sens que je prêtais à cet avertissement, c'est qu'ayant tenté à tout hasard une timide cabriole, la queue du mandrill se leva et s'abattit sans me frapper. J'avais donc compris! je n'avais plus qu'à *travail-*

ler devant la compagnie; je n'avais plus qu'à faire toutes les grimaces que je venais de voir passer devant mes yeux. O misère des vaincus!

Pouvait-on être plus avili? Imiter un singe! La rougeur me monta au visage. Je commençai mes tours. Mais comme je souffrais! Chaque fois que ma dignité d'homme m'arrêtait au milieu d'un saut de carpe, à l'instant même la queue nerveuse me cinglait un coup au visage. Du courage, mon Dieu! J'en eus. Je franchis des cerceaux, je dansai la pyrrhique, j'imitai la danse de l'ours, je saluai ces messieurs, j'envoyai des baisers à ces dames; enfin, le chapeau à la main, je demandai, ainsi que cela se pratique, quelque menue monnaie à la compagnie.

J'allais tomber mort de fatigue et de prostration morale, cette fois pour ne plus me relever, quand une rumeur plus forte que toutes celles que j'avais entendues, car il y en avait toujours, parcourut la salle dans toutes ses parties. En une minute elle fut vide à moitié. La moitié qui resta suivit bientôt l'autre. Qu'arrivait-il d'extraordinaire? Karabouffi, dont je vis se perdre dans l'obscurité de la cour de la vérandah le panache colossal, précédait ce grand mouvement de sortie.

C'est à l'excellente Saïmira que je dus cette diversion, à laquelle je dus aussi de ne pas mourir sur place de souffrance et de honte, cette horrible nuit-là.

Voici comment elle s'y prit pour me délivrer de l'obsession de mes tourmenteurs. Par une coquetterie affectée, elle alluma si bien la jalousie de Karabouffi, que celui-ci exaspéré, furieux, l'entraîna hors du bal; et, dans sa fuite brutale, il fut accompagné de tout le monde officiel.

Bref, je restai seul.

Cet isolement inespéré m'inspira subitement un projet que j'exécutai avec la promptitude du désespoir.

V

Je me barricade. — On m'assiège. — La vérandah devient un fort. — Ce que je découvre au fond d'une pièce oubliée. — Le journal de lord Campbell. — Ce que dit ce journal. — Les pirates malais et le sultan de Soulou. — Trois cents jonques. — Une chasse formidable. — Mort d'un mandrill mystérieux et colossal. — Explication du squelette blanc. — Torture d'un homme réduit à ne boire que de l'excellent vin vieux. — Un poignard planté dans le sable. — Dernière fête de la station. — Comment se termine-t-elle ? — Fin d'un journal non terminé. — Cent bouteilles de vin de Champagne ne valent pas un verre d'eau. — Mes habits me quittent. — J'ouvre le combat. — Grande lutte d'un homme seul contre une île entière de singes. — La vérandah va crouler. — Elle ne tient plus. — Une fourrure me sauve. — D'où venait cette fourrure enchantée ? — Je lui dois la vie et la couronne. — De quelle manière je gouverne. — Un bonheur royal profondément troublé par un accroc. — J'apprends le sort de la station anglaise. — Je suis de plus en plus adoré de mes sujets. — Un nuage dans le ciel. — Préoccupation sinistre. — Mon royaume pour un pantalon ! — Joie suprême d'être bête. — Bonheur encore troublé. — Un déchirement fatal. — Je suis forcé de me dérober à la tendresse de mes sujets pour un motif bien délicat. — Délivrance. — Je revois mon pays. — O Macao ! — Mon immortalité.

V

J'ai dit que les dévastations ne s'étaient pas étendues jusqu'aux pièces formant par leur suite non interrompue les fraîches galeries découpées à jour de la vérandah et les vastes cuisines où j'avais tant découvert d'approvisionnements. Dès que je fus seul, je me hâtai de fermer les trois portes des arcades du salon, et je les barricadai en dedans. Bonne besogne. Dix minutes après le départ miraculeux de ces bandits, j'étais fortifié contre toutes leurs attaques possibles.

Il aurait fallu maintenant des fusils et peut-être du canon pour me déloger de l'endroit où j'étais. Et j'avais des vivres !

Je passai le reste de la nuit, de cette nuit si tourmentée, aussi tranquillement que dans mon appartement de Macao. Je dus dormir plusieurs jours.

Au bout de ce temps indéterminé, absorbé par un sommeil de plomb, je voulus en m'éveillant, et l'esprit plus calme, me rendre bien compte de ma situation. Je n'eus pas de peine à me démontrer d'abord que j'étais destiné, tant que je demeurerais dans cette île, à satisfaire, sous toutes les formes, des vengeances perpétuelles pires que la *mort*, qui, du reste, était le couronnement infaillible de toutes ces vengeances. Ceci mis hors de toute discussion, je me proposai de chercher, avec la ténacité d'un Latude captif dans l'une des tours de la Bastille, le moyen d'échapper aux conclusions posées par la logique de ma position nettement arrêtée.

Quel serait ce moyen ?

Je répondis, après des suppositions et des

calculs à l'infini, que les circonstances seules le feraient naître.

Mon esprit, livré à ses seules ressources, renonçait à le trouver.

Mais ce moyen existait-il ?

C'est encore là ce que les circonstances pouvaient seules me mettre à même de vérifier.

Je n'avais donc, tout bien considéré, qu'à

attendre, ferme de cœur et fort de résignation, les effets de la volonté de Dieu sur ma personne, ce qui est toujours, quoi qu'on fasse, la détermination à laquelle on finit par se ranger.

Je sus beaucoup mieux à quoi m'en tenir quand je cherchai à connaître si la retraite où je m'étais retranché ne laissait aucun point d'attaque accessible à mes astucieux ennemis. Premièrement, je m'assurai que les trois portes de la salle et celle de la cuisine résisteraient à toutes leurs malices coalisées. Elles étaient en cœur de chêne, chevillées avec du bois de teck, le plus solide de tous les bois ; et les serrures, travaillées avec la perfection anglaise, ajoutaient encore à la garantie de la défense. Le bas de la forteresse était donc imprenable.

Mais ces portes une fois fermées, le jour ne pénétrait plus dans le bâtiment que par un petit clocheton moresque bâti à l'étage supérieur. Il fallait donc, condamné comme je l'étais à ne jamais les ouvrir, que je passasse mes journées dans cette partie élevée de la galerie, sauf à descendre le soir dans les pièces du bas,

N'ayant encore aucune idée du caractère de cet étage, j'y montai tout de suite. Un escalier en spirale, construit dans l'épaisseur

du mur, y conduisait. Une fois arrivé, je vis que les pièces dont il se composait avaient été tenues dans un ordre remarquable par ceux qui l'occupaient. C'était assurément l'appartement de travail de lord Campbell. Les murs étaient cachés sous une rangée de cartons qui renfermaient assurément des papiers d'une grande importance. J'en jugeai ainsi aux étiquettes.

Mais, avant d'aller plus loin dans mon examen, je m'approchai des carreaux du clocheton, qui étaient en corne transparente de Chine, à travers lesquels on voit sans être vu. Je dirigeai mes yeux sur la cour de la vérandah. On devine, d'après ma description, qu'elle était dominée par le campanile moresque d'où je l'apercevais et d'où l'on planait aussi sur les bouquets de bois et les carrés de jardins qui s'étendaient au delà de la cour. Mais que vis-je en promenant mes regards un peu partout? Mes infatigables ennemis placés en sentinelle, de distance en distance, sur toutes les hauteurs, dans les branches d'arbres, sur les moindres accidents de terrain, et guettant si je ne sortirais pas de ma retraite, si je ne me montrerais pas à quelque ouverture d'où ils pourraient me signaler, et par suite commencer d'une manière certaine leur attaque.

Tous étaient armés de bambous et de rotins d'une grosseur énorme. C'était un siège silencieux autour d'un ennemi invisible derrière ses lignes de défense. Mais il y avait impossibilité réelle pour eux à gravir cet étage, dont la hauteur défiait leur malice, impossibilité non moins grande de briser les portes placées entre leur rage et moi.

Rassuré de tous côtés, je poursuivis mes investigations à travers les appartements de lord Campbell.

Je fus d'abord ravi de rencontrer dans la pièce la plus reculée, celle par où je me disposais à commencer mon inspection, une petite bibliothèque de voyages contenant les ouvrages les plus estimés, écrits sur le Japon, la Tartarie, la Chine, la Nouvelle-Guinée, la Nouvelle-Galles et les autres îles de l'Océanie, depuis Marco-Polo jusqu'à Dumont-d'Urville. La plupart de ces utiles ouvrages portant sur la couverture les initiales de lord Campbell, je fus certain qu'ils étaient détachés de la bibliothèque de la frégate *Halcion*. Ils avaient été transportés dans cette pièce pour occuper les loisirs de la station navale pendant son séjour à terre. Qu'on juge quel inappréciable trésor c'était pour moi ! J'eus sur-le-champ le plus impatient désir de consulter ces ouvrages. J'apprendrais peut-être, en lisant ceux où il était plus particulièrement question des traversées accomplies sous les latitudes que j'avais parcourues, quelle était l'île sur laquelle j'avais été laissé par le naufrage. Je portais déjà la main sur les voyages du célèbre navigateur espagnol qui donna son nom glorieux aux groupes d'îles appelées Mindanao, et presque toutes peuplées encore aujourd'hui de redoutables pirates malais, quand mon attention fut détournée par un livre déposé sur la table même de ce précieux cabinet d'étude. Je l'ouvre : c'était un manuscrit. Un mouvement de discrétion me poussa aussitôt à le fermer; mais ayant lu en gros caractères sur la première page : « Journal personnel et particulier du vice-amiral Campbell, commandant les forces réunies de la station navale anglaise dans l'Océanie, » je l'ouvre de nouveau avec une curiosité irrésistible, et je puis ajouter bien permise, car je pressentais toute l'importance des renseignements que j'allais y puiser.

« Parti de Macao vers la fin du mois de juillet 1849, disait lord Campbell dans les premières lignes de son journal, j'ai établi ma station pendant six mois, c'est-à-dire jusqu'au mois de janvier 1850, tantôt dans les

parages des îles Luçon, tantôt dans le rayon des îles Philippines, sans négliger de faire quelques visites de précaution à l'archipel de Soulou, cette fourmilière incalculable et impérissable de bandits de mer.

« Les événements purement nautiques qui ont eu lieu pendant ces six mois de ma station dans ces divers parages ayant été consignés jour par jour et presque heure par heure sur le journal du bord, je n'aurais rien à coucher sur le mien qui n'eût déjà été inscrit avec soin dans ledit journal du bord. Mais je dois confier à ce journal tout personnel des notes que je me propose de transmettre à l'Amirauté par la première occasion qui me sera offerte de les expédier en Angleterre.

« Voici ces notes, » ajoutait le journal de lord Campbell que j'avais sous les yeux.

Mon attention redoubla. Je continuai à lire sans perdre une lettre.

« Il m'est démontré clair comme une solution géométrique, qu'en ce moment les forces navales de l'Angleterre, de la Hollande et de l'Espagne rassemblées en Océanie sont insuffisantes, chacune à différent titre, pour contenir l'audace toujours croissante des pirates répandus sur les mers de cette partie du monde.

« Les forces espagnoles sont une dérision, et elles seraient radicalement exterminées en quelques mois par la piraterie sans les secours que ces forces demandent sans cesse à celles de l'Angleterre.

« Les forces navales de la Hollande, à la vérité beaucoup plus considérables, ne s'éloignent guère des parages de Sumatra, de Java et de quelques points de Bornéo, sous le prétexte, du reste assez plausible, quoique un peu égoïste au fond, qu'elles ont besoin avant tout de veiller à la sûreté de leurs propres colonies.

« Restent nos forces navales anglaises.

« Comme nous avons besoin, nous aussi, de faire bonne vigilance autour de nos colonies, et que nous avons en outre une assistance perpétuelle à prêter, je l'ai dit, aux puissances maritimes secondaires, telles que la Hollande, l'Espagne et le Portugal, il devient de plus en plus sensible que nous ne luttons que très difficilement aujourd'hui contre les déprédations, pillages, descentes à main armée, incendies et meurtres pratiqués par les indestructibles pirates de la Malaisie.

« D'autre part :

« La puissance de ces indomptables forbans augmentant d'année en année, leurs flottilles sont devenues des flottes; leurs barques, leurs champans et leurs jonques sont presque aujourd'hui des frégates; leurs matelots n'ont jamais cessé d'être les plus énergiques marins du globe.

« Nous sommes donc forcés par toutes ces raisons de tripler le nombre de nos vaisseaux de guerre dans ces mers sans cesse menacées, ou bien nous serons, dans un temps prochain, mis sérieusement en péril.

« Il est de mon devoir d'avertir l'Amirauté de toutes ces choses qui intéressent au plus haut point la sécurité des belles colonies possédées par l'Angleterre dans l'Australie et l'Océanie en général.

« En attendant les renforts que l'Amirauté jugera sans doute indispensable de m'adjoindre, je n'ai pas cru pouvoir mieux faire que de venir me placer au centre même de la piraterie malaisienne pour étudier chez elle ses progrès, ses forces, ses ressources, et afin de l'anéantir à coup sûr quand j'aurai sous la main les moyens d'action qui me manquent aujourd'hui.

« J'ai choisi pour mon observatoire une île parmi les cent cinquante ou deux cents îles dont le redoutable archipel de Soulou est composé. »

Soulou! la surprise et l'effroi m'arrêtent. Soulou, ce nid d'écumeurs de mers, d'oiseaux de proie, planant sans cesse sur les vaisseaux de toutes les nations! J'étais sur une île de l'archipel de Soulou!

Il me fallut près d'un quart d'heure avant d'être remis de l'agitation où m'avait jeté cette découverte.

Et ce fut sous le coup de cette préoccupation, désormais inexpugnable, que je respirais au foyer de cet enfer peuplé de bandits, que je parvins à reprendre la lecture du journal.

« M'en étant référé, continuait lord Campbell, ainsi que je l'ai énoncé plus haut, à mon journal du bord pour les circonstances purement nautiques du premier semestre de ma station, je vais continuer de consigner dans celui-ci les faits qui auront successivement lieu jusqu'au moment où je quitterai cette île. J'y suis depuis quinze jours. Nous voici donc au 15 janvier 1860.

« Après avoir placé l'*Halcion* dans un mouillage si bien abrité par des terres boisées qu'il est impossible à cent brasses du rivage de l'apercevoir, et l'avoir confiée à un nombre suffisant de matelots commandés par mes meilleurs officiers, je descends dans l'île avec le gros de la station et j'en prends immédiatement possession.

« Cette île est appelée, par le petit nombre d'indigènes qui s'y trouve, *Kouparou*, ce qui signifie en langue malaise île du *feu endormi* ou de l'*ancien volcan*.

« Ces indigènes sont des Tagals, et les Tagals sont les plus anciens habitants de la Malaisie : ils ont été chassés de partout par les Malais. Ils sont dévoués aux Européens, dont ils ont la douceur et les instincts de civilisation.

« Par ces Tagals, qui vivent comme les Malais, quoiqu'ils ne s'aiment guère les uns les autres, je saurai, en les envoyant comme espions dans toutes les îles de l'archipel de

Soulou, ce qu'on fait, ce qu'on médite dans ces arsenaux de piraterie.

« Six mois d'une pareille étude pratiquée sur place m'en apprendront plus que cinq cents ans de station en pleine rade.

« J'ordonne de descendre à terre toutes les maisons portatives que j'ai fait construire à Calcutta.

« Elles sont débarquées et mises en place.

« Dix ou quinze jours sont pris par ce travail.

« On s'installe dans les maisons.

« On dirait, à voir ces maisons, un village de Sumatra.

« Les indigènes sont ravis de notre arrivée.

« Il est temps d'exécuter mon projet.

« Je choisis, parmi les Tagals sur lesquels je puis le plus compter, ceux que j'envoie dès aujourd'hui dans des barques de pêche aux îles voisines, pour qu'au retour ils me fassent des rapports circonstanciés sur la piraterie.

« Cette expédition a demandé vingt jours de préparatifs.

« Elle est prête le 20 février.

« Elle met à la voile le lendemain.

« Mes espions sont partis.

« J'attends.

« Les indigènes que j'ai gardés auprès de moi sont indispensables à la culture de l'île et m'en font d'ailleurs connaître la topographie et les ressources naturelles.

« Kouparou est d'une grande fertilité; que de fleurs! que de fruits! que de gibier! La chasse et la pêche sont d'une richesse inouïe, même en Australie, où l'on a le droit de dire sans exagération que tout est inouï. Sans l'importunité des singes, dont l'île foisonne, Kouparou serait un jardin balancé au milieu de l'Océan. Mais les singes, ces innombrables singes, gâtent singulièrement le paysage. Ils pullulent comme les mouches. »

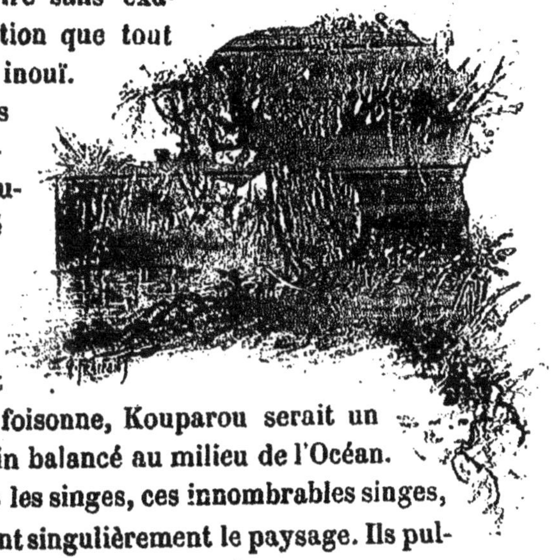

— Lui aussi! m'écriai-je, lui aussi, lord Campbell! a été en contact ici avec ces terribles animaux. Mais comment se fait-il, s'il a été assailli, harcelé, martyrisé par eux comme moi, qu'il ait pu?... Mais continuons.

« Voici mes Tagals de retour! Leur absence a duré un mois.

« Les documents qu'ils me rapportent sur la piraterie abondent : ils vont m'être du plus grand secours.

« Tous leurs rapports, sans exception, m'annoncent qu'une vaste expédition de pirates malais se prépare au fond de l'île de Bassilan, la capitale de l'archipel Soulou, et où le sultan de Soulou lui-même fait sa résidence.

« Montés sur trois cents jonques au moins, les pirates doivent sortir de ce port ainsi que de ceux de Besvan, de Taouitaoui et de Palouan, pour croiser dans les détroits de Mindanao et des Célèbes dans le but de s'emparer de tous les navires marchands anglais ou hollandais, espagnols ou portugais qu'ils savent devoir se rendre en Chine avec de riches cargaisons, pendant le cours de cette année. Seulement l'époque de leur départ est tenue si secrète qu'aucun de mes fidèles Tagals n'a pu me l'apprendre. Mais, d'après la connaissance que je possède des vents qui leur permettront de sortir de l'archipel de Soulou, pour se rendre, ainsi qu'ils le projettent, dans le nord de l'Asie, j'estime que mes pirates n'appareilleront pas avant la fin de juin, c'est-à-dire avant trois mois. A ce moment l'*Halcion* sortira aussi de son mouillage caché, réunira à elle les autres vaisseaux de la station, et on se mesurera avec cette myriade de hardis et courageux voleurs. La lutte sera chaude; mais je ne dois compter que sur mes propres forces. D'ici là les secours que je demanderais à l'Angleterre ne seraient pas arrivés. Donc nous tenterons! Dieu sera avec nous. On est bien fort avec son aide.

« En attendant, mes Tagals vont repartir de nouveau pour Soulou, Besvan et les autres repaires, afin de me tenir au courant des graves événements qui se préparent.

« Quoi qu'il en soit, nous voilà installés dans Kouparou. Mes officiers et leurs familles sont aussi bien que possible dans nos maisons de bois entourées de palmiers. Ma vérandah peut lutter d'élégance avec celles de Madras et de Cananor.

« Nous ne manquons de rien, et nos distractions sont nombreuses. Le temps est délicieux. Je n'ai jamais vu plus beau mois d'avril, même en Australie.

« Je vais partir pour la chasse aux cygnes; oui, mais j'ai bien peur de ne rapporter encore que des singes comme la dernière fois. Ils sont partout! Il y en a tant et tant que je suis sûr qu'en tirant un coup de fusil au hasard au-dessus de ma tête, il tomberait un singe.

« Je n'en ai jamais vu d'aussi sauvages; ceux que j'ai rapportés de Macao sont des êtres parfaitement civilisés comparés à ceux d'ici. »

— Brave amiral! m'écriai-je, il se souvient des achats qu'il a faits chez moi à Macao. Quel souvenir! Macao! Macao! te reverrai-je jamais!

Continuons son intéressant journal.

« Je reviens de la chasse où j'avais emmené avec moi Karabouffi. J'ai voulu distraire ce grand coquin de babouin, qui s'ennuie à périr, quoiqu'il ait beaucoup de ses compatriotes autour de lui. La mélancolie le mine. C'est qu'il aime toujours la belle chimpanzée Saïmira, qui n'aime que son cher Mococo. »

— Hélas! m'interrompis-je pour dire : hélas! s'il voyait maintenant Mococo!

« Il m'est arrivé, à cette chasse, reprend l'amiral Campbell, un fait extraordinaire qui mérite de trouver place dans ce journal.

« Au milieu d'un grand bois de pandanus et de mimosas, où je m'étais égaré avec Karabouffi, j'ai tout à coup vu venir vers moi, un bâton à la main, qu'il portait comme un sceptre, un mandrill gigantesque, noir comme un Cafre, suivi d'une troupe de singes, de sajous entre autres, qui semblaient lui former une espèce de cour, tant ils étaient empressés et respectueux autour de lui.

« Karabouffi lui-même, d'ordinaire si fier et si indomptable, a frémi de terreur en le voyant. Il avait reconnu un maître et par conséquent un ennemi. Il tremblait, il venait près de moi, il sollicitait ma protection, tout en laissant voir dans ses yeux, allumés d'une rage jaune, le bonheur qu'il aurait à déchirer le nouveau venu. Comme j'allais coucher en joue le colossal mandrill, les deux animaux, me prévenant, se sont précipités l'un sur l'autre. L'étreinte m'a paru superbe de vigueur et de férocité. C'étaient sans nul doute deux races profondément antipathiques mises en présence. Karabouffi avait visiblement le dessous; le mandrill était de force et de taille à venir à bout de trois babouins comme lui. Au risque de me faire dévorer si je ne réussissais pas, j'ai profité du moment où le mandrill s'éloignait de quelques pas pour prendre de l'élan, et j'ai dirigé une balle dans sa tête. Il est tombé en exhalant des gémissements affreux, qui avaient quelque chose de la douleur plaintive de l'homme. Karabouffi était triomphant. J'ai cru qu'il allait m'étouffer dans un embrassement de joie. Quant aux singes qui accompagnaient le mandrill noir, ils se sont aussitôt dispersés, ce qui n'aurait pas eu lieu s'ils avaient été d'une espèce plus forte. J'aurais

eu assurément à me défendre contre leur agression vindicative : mais la plupart étaient des sajous, les plus doux et les plus inoffensifs de la famille des quadrumanes. En fuyant, ils n'en lancèrent pas moins à Karabouffi des regards qui l'ont fait frissonner. Il ne ferait pas bon pour lui de tomber sous leurs ongles. Je ferai écorcher ces jours-ci ce majestueux mandrill et laisserai pendant quelque temps sécher sa peau au soleil, afin de l'offrir plus tard au Muséum de Londres. »

— Ah ! voilà donc, me dis-je, voilà l'explication du squelette que j'ai trouvé accroché à un arbre les premiers jours de mon naufrage. C'était celui du mandrill tué par lord Campbell ! Mon regret, et il était sincère, on doit le croire, fut qu'il n'eût pas tué de préférence Karabouffi premier.

« Autant qu'il est permis de comparer les manières d'être des animaux entre eux, il m'a semblé que ce mandrill abattu par moi exerçait la souveraineté sur cette île, ajoutait lord Campbell dans son journal, avant que les Tagals, qui ne paraissaient pas l'occuper depuis longtemps, y fussent descendus.

« Je rentre après cette chasse, ou plutôt après ce meurtre, et dépose mon fusil dans mon armoire aux armes. »

Son fusil dans l'armoire aux armes! Je me levai précipitamment sur cette indication, et courus ouvrir plusieurs armoires. Je trouvai enfin celle où étaient rangées les armes du vice-amiral, et non seulement elle contenait de belles armes de chasse, mais encore de la poudre en quantité, des balles de tous calibres. Viennent mes persécuteurs maintenant! Je les attends, j'ai de quoi les recevoir, pensai-je. Dans mon transport, j'allai vers le clocheton, comme pour les défier en face. Ils étaient encore à la même place et dans les mêmes attitudes de défiance hostile. Seulement ils étaient beaucoup plus nombreux.

Ce jour-là la lecture du journal n'alla pas plus loin. J'avais beaucoup réfléchi; j'étais fatigué des secousses de la veille, je résolus d'aller dîner, quoiqu'il me restât encore à lire. Mais je me promis de reprendre ma lecture dès le lendemain au point du jour.

Mon second repas avec les conserves de la

station fut un des meilleurs que j'aie jamais pris. Je vis, en choisissant les plus appropriées à mon goût, combien j'avais de quoi me nourrir longtemps si j'étais forcé de vivre dans l'état de séquestration où les circonstances m'avaient placé. D'autres paniers de vins m'offrirent pareillement les meilleurs crus d'Espagne et du midi de la France. Lord Campbell était un gourmet. Peut-être les vins dont il usait étaient trop alcooliques, mais les Anglais les aiment ainsi. Je goûtai de plusieurs bouteilles, de trop de bouteilles sans doute, car je fus fort contrarié, quand, la poitrine embrasée par le feu de ces différents vins, je cherchai de l'eau et n'en découvris nulle part. On allait en puiser à la grande pièce dont j'ai déjà parlé, pensais-je, lorsqu'il en fallait pour le service de Sa Seigneurie; mais on n'en faisait pas provision.

Quoi qu'il en soit, je fus réduit à me passer d'eau pendant mon dîner un peu trop échauffant. Mon sommeil se ressentit, quoique ma langue fût bien sèche, de la seule bonne journée que j'eusse encore goûtée dans cette île. Aucun rêve attristant ne l'agita, et à l'heure arrêtée dans mes projets de la veille, je me trouvai sur pied. Je remontai aussitôt au cabinet d'étude de lord Campbell par l'escalier caché dans le mur, et si bien caché, je ne dois pas omettre de le dire ne l'ayant pas dit plus tôt, que les dévastateurs barbares des autres maisons de la station n'avaient pas pillé et saccagé ce cabinet, par la raison fort simple qu'ils n'avaient pas soupçonné l'existence de cet escalier, d'ailleurs fermé au bas et à la partie supérieure par une porte assez difficile à ouvrir.

Avant de reprendre la lecture du journal, je me rendis au clocheton afin de voir ce qui se passait au dehors de la place. L'examen ne fut pas des plus satisfaisants : des changements s'étaient produits et les voici. Chaque assiégeant avait près de lui, outre son bâton, un petit tas de pierres empilées avec soin, comme les boulets dans nos arsenaux. A quoi destinaient-ils donc ces pierres? des pierres, chose assez rare à se procurer dans une île où le sable abonde, où la rencontre d'un caillou est un événement, excepté au bord de la mer et sur le rivage du lac intérieur, qui m'en avait fourni quelques poignées, quand j'eus l'idée de les employer à abattre des fruits. Les jours suivants m'apprendraient sans doute ce que celui-ci me laissait à deviner comme une énigme, énigme de mauvais augure.

Enfin je rouvris le journal de lord Campbell et j'y lus ceci :

« Mes Tagals sont de nouveau partis depuis dix jours; ils vont s'assurer plus exactement qu'ils ne l'ont pu jusqu'ici de la date précise du départ de la flotte malaise pour le nord de l'Asie, et bien voir, pour me le dire au retour, la part que le sultan de Soulou lui-même, notre douteux allié, prend à cette expédition; s'il l'encourage, la tolère ou n'est pas assez puissant pour l'empêcher.

« Jusqu'au retour de mes Tagals, je continue à me livrer à l'étude géologique de Kouparou. Évidemment elle est de formation récente. Le volcan éteint, dont elle était pour ainsi dire le chandelier, travaille encore à une profondeur appréciable, car des filets d'eau, d'une température élevée, suintent constamment à travers le lit de lave qui presse sa base.

« Si je parviens à décider l'Amirauté à faire un port de relâche permanent de Kouparou, je demanderai, avant toutes choses, qu'on purge l'île de la présence intolérable des singes par une chasse régulière de plusieurs mois ; absolument comme firent autrefois nos aïeux pour les loups en Angleterre. »

— Admirable projet ! m'écriai-je ; et que lord Campbell n'a-t-il eu le temps de le mettre à exécution ; je ne serais pas où je suis.

« On ne réaliserait aucune fondation sérieuse, ajoutait ce beau passage du journal, avec de tels voisins, dans les regards bilieux desquels on croit toujours lire la colère menaçante des gens dépossédés de leurs biens.

« Nous voici à la fin du mois de mai, poursuivait le journal, dont je passe de nombreuses dates sans importance pour mon histoire ; presque deux mois se sont écoulés depuis le second départ de mes dévoués Tagals, et je n'en ai pas de nouvelles. Ils ne veulent pas rentrer à Kouparou, je présume, sans avoir à m'apprendre avec certitude le moment du départ de la flottille interlope.

« Je ne puis traiter que de pure vision, disait plus loin lord Campbell, l'observation faite par M. Dawson, mon secrétaire, qui prétend avoir vu la nuit dernière des feux errer au bord de la mer comme en allument ordinairement les pêcheurs des côtes ou les pirates de ces contrées. Après tout, quoique Kouparou soit assez malaisé à tourner et à aborder surtout, au milieu des écueils qui lui font une ceinture à la distance de huit lieues dans la mer, il n'est pas impossible que des pêcheurs, des naufragés et même des pirates y aient allumé quelques feux.

« Ils seront partis le lendemain, croyant l'île inhabitée, comme le sont du reste la plupart des îlots qui hérissent le grand archipel de Soulou. Bon voyage !

« En effet, aujourd'hui M. Dawson, après avoir parcouru la plage, là où il avait cru voir s'élever de la fumée, accourt me dire qu'il s'était trompé. Il n'a vu aucune empreinte de pas dans le sable ni restes de bois consumés au bord du rivage. C'était de sa part une illusion; j'en étais sûr.

« Demain, 1er juin, je donnerai une grande fête ici, dans ma fraîche vérandah, à mes chers officiers de l'*Halcion* et à leurs familles.

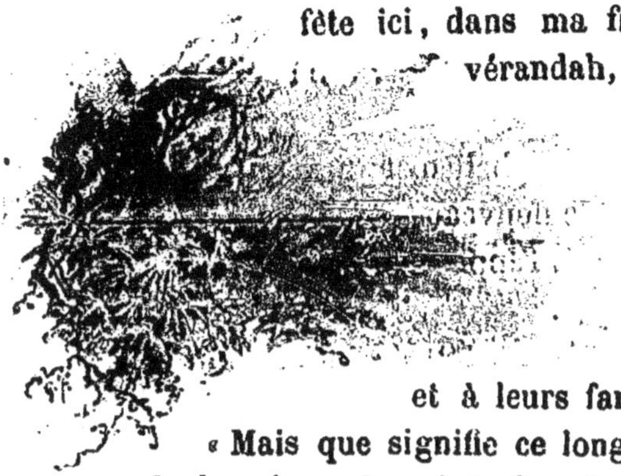

« Mais que signifie ce long poignard plongé par la pointe dans le sable, trouvé par un de nos matelots sur la plage opposée à celle qu'a parcourue M. Dawson? Un poignard à scie et à dents de forme malaise, un *criss*, car c'est le nom sinistre que les brigands de l'Océanie donnent eux-mêmes à cette arme meurtrière et presque toujours empoisonnée. Dawson, qui est superstitieux comme un Irlandais qu'il est, aura fait là-

16

dessus bien des commentaires. Le matelot qui me l'a remis n'a pu me fournir aucun renseignement. »

Oui, demandai-je à mon tour au journal que je tenais sous mon regard interrogateur ; oui, que signifiait ce poignard ? d'où venait-il ? pourquoi était-il là ? Qui l'avait planté par la pointe ?

Lord Campbell n'en disait pas un mot. Il passait de nouveau à sa fête, dont les détails, que je vais rapporter, allaient jusqu'au bout de la page.

« Comme le temps est d'une sérénité magnifique, nous dînerons à cinq heures dans la cour sablée de la vérandah, et nous resterons à table jusqu'au moment du bal. Nous entrerons alors dans la grande galerie, et je présiderai aux danses de mes braves officiers et de leurs familles. Je leur dois bien cette distraction pour les payer des fatigues et des ennuis qu'ils ont essuyés depuis six mois bientôt que nous avons quitté Macao, quoique ces derniers temps, il est vrai, n'aient pas toujours été aussi pénibles. Je crois que ces messieurs et leurs excellentes compagnes n'auront que des remercîments à me faire demain pour les plaisirs que je leur offrirai dans quelques heures.

« Sans l'inquiétude de jour en jour plus sérieuse que me cause l'absence si prolongée de mes bons Tagals, je serais parfaitement heureux dans cette île tout à fait ignorée, presque déserte. Serait-il survenu quelque disgrâce à mes Tagals? Ces Malais sont si défiants! s'ils ont pu soupçonner le but de leur mission!... Mais non, mes fidèles envoyés, un peu lents, comme tous les peuples primitifs, arriveront demain, ce soir, peut-être... Allons nous habiller pour honorer la fête de famille qui m'attend. »

La page était finie, j'allais commencer la suivante.

Je tourne vivement le feuillet... je ne vois plus rien d'écrit, rien! nulle trace d'écriture sur la page. Le journal de lord Campbell, que j'espérais devoir se continuer encore une cinquantaine de pages au moins, finissait brusquement là. Eh quoi! pas un mot sur la fête! plus un mot sur le poignard enfoncé dans le sable par la pointe! plus un mot sur le retour des Tagals! Mon Dieu! quel malheur subit a brisé la plume et la noble main qui la tenait? Mais les pirates malais? Mais la flottille? Mais l'*Halcion?*... Néant! néant! néant! Un blanc sinistre bornait la dernière ligne de la rédaction du digne vice-amiral Campbell. Encore une fois, qu'était-il arrivé à sa colonie de Kouparou, à lui-même, depuis ce moment? Personne pour me répondre. Devant moi le silence, la solitude, les débris navrants que j'avais heurtés en roulant d'écueil en écueil jusqu'aux bords de cette île mystérieuse; des maisons bouleversées; des animaux sauvages et malfaisants portant avec la raillerie d'une basse vengeance les habits des honorables officiers d'un vaisseau de la plus puissante souveraine du monde. Moi seul, rien que moi et les orangs-outangs, les mandrills et les babouins!

Tout le reste de cette journée mes yeux hagards, image de mon esprit troublé, ne quittèrent pas les dernières lignes de ce journal, terminé par une description de fête et par un massacre général. Mais, commis par qui, ce massacre? Ah! toute ma raison se révoltait à la supposition impossible, beaucoup trop absurde, qu'une conspiration de singes, quoique ma vie dépendît d'eux en ce moment, eût produit tant de crimes.

La nuit vint; elle fut épouvantable pour moi : épouvantable d'hallucinations, d'angoisses, de cauchemars, de réveils en sursaut. Au jour, me sentant un peu moins agité, je me dis que si tous ces braves gens de la station navale avaient été assassinés, je trouverais du moins leurs restes, leurs cadavres; car, d'après mes calculs, puisque nous étions en juillet et que le journal finissait en juin, il n'y avait qu'un mois que toutes ces abominations auraient été exercées.

Cette idée, fort raisonnable, une fois entrée dans mon cerveau, je rapprochai les faits dont j'avais pris connaissance par le journal de lord Campbell, et je fus conduit pas à pas à la conclusion que voici :

Les espions tagals auraient laissé échapper leur secret ou l'auraient laissé deviner à leur premier voyage à Soulou.

Les pirates malais, voyant leur plan découvert, n'auraient pas permis aux Tagals de retourner à Kouparou à leur second voyage. Ils auraient écorché les malheureux espions de lord Campbell ou les auraient mangés, car les Malais sont aussi un peu anthropophages.

Après avoir mangé les Tagals, les Malais, dont la vengeance ne s'arrête jamais en chemin, auraient opéré une première descente de nuit dans l'île de Kouparou, ce qui expliquerait les feux lointains aperçus par M. Dawson, le secrétaire de lord Campbell, qui aurait donc eu tort de mettre en doute la lucidité de son secrétaire.

Le poignard planté dans le sable était la menace symbolique adressée par les pirates aux marins de la station, prévenus par cet avertissement figuré, mais fort énergique, qu'ils reviendraient dans peu les poignarder ou se rendre maîtres d'eux d'une manière quelconque.

Ils étaient, en effet, revenus, et l'époque de leur descente à Kouparou avait dû coïn-

cider exactement avec la fête offerte aux officiers de l'*Halcion* par le vice-amiral Campbell.

Les pirates se seraient emparés de tous les officiers et de tous les matelots trouvés par eux sur l'île même ; puis ils les auraient embarqués sur l'*Halcion*. Enfin l'*Halcion*, dont la résistance avait été impossible, presque tout son équipage étant à terre, aurait été conduite avec tous les prisonniers, hommes et femmes, à Soulou ou à tel autre port de ce nom redouté.

La descente, la surprise, l'enlèvement avaient dû avoir lieu au milieu du grand festin qui avait précédé le bal, et de là le désordre et la confusion remarqués par moi dans la cour de la vérandah le jour où j'y pénétrai, sans oublier de faire la part que d'autres dévastateurs réclameraient si je les oubliais ici ; mais je ne les oublie pas.

Les pirates et leurs prisonniers étant partis, les singes, ces mille milliers de singes dont lord Campbell se plaint à tant de reprises dans son journal, auraient pris la place des gens de la station navale, profité des dépouilles négligées par les pirates, endossé les habits d'uniforme que n'avaient pas eu le temps d'emporter les malheureux officiers et matelots de l'*Halcion* et continué l'incendie allumé par les Malais, et dans lequel avaient dû être jetés les meubles de toutes ces gracieuses maisons qui formaient la petite cité coloniale de Kouparou.

Enfin, ne laissant pas rompre un seul instant le fil logique que je tenais entre les doigts, j'arrivai de toutes ces conséquences incontestables à cette vérité générale sur la situation de l'île de Kouparou : que les singes d'une certaine espèce supérieure l'avaient possédée les premiers ; que ces singes en avaient été chassés par les Tagals ; que les Tagals aussi avaient été à peu près mis à la porte par les Anglais ; que les Anglais avaient été expulsés par les pirates malais ; que les pirates malais, à leur tour enfin, venaient d'être dépossédés, sinon par la force, du moins par le fait, par les singes mêmes, auxquels ainsi serait revenue une seconde fois l'autorité souveraine sur l'île de Kouparou ; sort, du reste, réservé à la majeure partie des îles de l'Océanie, dont beaucoup attestent déjà par leurs ruines qu'après avoir été habitées autrefois par des peuples assez intelligents pour couvrir ces îles de constructions magnifiques, elles ont fait place ensuite à des populations de singes. Effroyable révolution ! Ces rires vivants et moqueurs, ces Voltaires à quatre mains marchant en silence sur des nations couchées dans le néant, font blanchir la pensée.

Abîmé dans les plus sombres réflexions, après m'être ainsi rendu compte des malheurs arrivés à la station anglaise de Kouparou, je quittai le cabinet de lord Campbell, et je descendis dans les pièces inférieures, résolu désormais à ne plus songer sérieusement à une délivrance impossible. Je vivrai dans ce tombeau, me dis-je, tant qu'il plaira à Dieu de m'y conserver. Rêver d'en sortir était une de ces espérances extravagantes qui ne relèvent que de la folie, surveillé, gardé, cerné, menacé comme je l'étais par des geôliers plus subtils et plus cruels mille fois que les pirates malais. Je visitai de nouveau mes portes ; je les barricadai de plus belle, et décidé à ne plus voir la lumière du jour, car je ne pouvais en jouir, on le sait, qu'à la condition de voir aussi la ceinture de plus en plus sinistre et menaçante des assiégeants, j'allumai des bougies et m'installai comme pour l'éternité.

Après avoir additionné mes provisions de

bouche, je crus à la possibilité de passer au moins trois ans dans ce caveau sans être exposé à y mourir de faim et de soif. Mais, au bout de quinze jours de cette existence fade et monotone comme le sommeil, je me vis en proie à une souffrance intolérable que mon genre de vie exceptionnel venait de me révéler. Je dois dire d'abord, avant de mentionner cette calamité imprévue et afin de ne laisser dans l'ombre aucune de mes misères, que mes paûvres habits, depuis longtemps en lambeaux par suite des tribulations de leur maître, eurent un beau jour le courage de me quitter. Comme je n'avais ni fil ni aiguille pour en rapprocher les guenilles en fuite, je fus contraint de me résigner à aller tout nu.

L'inconvénient était grave, car dans la saison où l'on entrait, les nuits, dans ces climats bizarres, sont humides, souvent froides comme en Europe. J'éprouvai bientôt aux articulations des douleurs excessives, accompagnées d'une fièvre lente qui ne m'abandonnait pas. L'incommodité plus grave dont j'ai à parler est celle-ci. J'ai déjà dit que l'eau manquait dans les offices de la vérandah. Les premiers jours, la privation de cette boisson naturelle m'affecta peu. Je bus des différents vins renfermés dans les caisses et dans les paniers. Ces vins, je l'ai déjà dit aussi, étaient très violents d'alcool. Or, la nécessité de ne me désaltérer qu'avec ces liquides ardents sans le mélange modé-

rateur de l'eau m'irrita les entrailles au point que j'étais toujours altéré, et que, plus je buvais, plus j'avais soif. Avec quoi apaiser cette soif? Ah! que de grand cœur j'eusse donné cent mille bouteilles de vin de Champagne pour un verre d'eau! Pendant quinze jours j'endurai ce supplice d'heure en heure plus poignant; mais la crise était menaçante: ma langue était sèche comme une semelle de cuir, mes yeux enflés et sanglants, mes mains suaient la fièvre, mon cerveau grillait sous mon crâne. Je sentais que je touchais à l'hydrophobie. Déjà, dans mes rêves, je mordais les gens et je buvais le sang pour me rafraîchir.

A ces minutes lucides, je me démontrais combien nos goûts dans la vie factice de la civilisation, sont faux dans leurs raffinements décevants et menteurs. Jamais on ne se lassera de boire de l'eau, de cette eau si dédaignée, et quinze jours des meilleurs vins, des plus rares liqueurs m'avaient rendu furieux. Aussi, depuis ce passage douloureux de mon existence, ai-je toujours eu un respect religieux pour les fleuves. Si, au fond, je suis resté bon catholique en toutes choses, j'ai mêlé à ce sentiment, dont je m'honore, un amour pieux pour le Gange, mon beau fleuve indien, ce père des fleuves. Je comprends, j'admire les Hindous, qui le regardent avec raison comme sacré.

Le sang volcanisé par la soif et la fièvre, je m'élançai un jour, à bout de souffrances, à travers l'escalier qui conduisait au cabinet de lord Campbell. J'ouvre l'armoire aux armes, je charge les trente fusils de chasse qui s'y trouvent, et après les avoir portés avec des paquets de munition au clocheton, je brise deux carreaux de la lanterne; j'en fais deux meurtrières.

Ces ouvertures pratiquées, je me dispose à ouvrir le feu contre ceux qui m'empêchent d'aller puiser de l'eau au lac dont j'aperçois au loin bleuir la belle nappe, contre ceux qui se mettent entre l'eau et moi. Leur mort ou la mienne!

Mais quel spectacle inattendu frappa ma vue par les meurtrières de ce clocheton qui va devenir une redoute dans l'intervalle de quelques secondes! J'avais laissé deux ou trois mille singes le jour où j'en étais descendu avec l'intention de n'y plus remonter. Aujourd'hui, ils sont vingt mille au moins.

Qui les compterait? Comptez les insectes noyés dans l'océan de l'air, un soir d'été, sous la ligne! Ils n'avaient auprès d'eux, il y a un mois, que d'insignifiants monceaux de pierres; ces monceaux ont grandi : ce sont des tas énormes, ce sont des collines de projectiles, et si rapprochées les unes des autres, qu'elles ont fait monter le champ de bataille, le camp des assiégeants, au-dessus du point le plus élevé de la vérandah. Le clocheton qui dominait la place est dominé maintenant. C'est lui qui est dans la plaine.

N'importe! j'ouvre le feu; il est ouvert! Je tire en pleine matière vivante; six balles dans chaque fusil. J'abats un orang-outang, un mandrill, un babouin, que sais-je? L'essentiel est que je tue, et je tue. Je saisis avec la même frénésie un autre fusil; même coup, même adresse, même résultat; je fais des trouées de morts de vingt-quatre pieds d'étendue. Mais au moment où, ivre de mes assassinats héroïques, je vais lâcher mon troisième coup de fusil, une mitraillade de pierres arrive sur les flancs, sur la face, sur les côtés de la véraandah. Quel bruit! Le fracas de cette pluie de pierres mêlée de poignées de sable et des sifflements ricaneurs de ces bouches pleines d'injures, n'est pas possible à rendre avec des mots; il faudrait des instruments, il faudrait des limes d'acier grinçant sur des angles de granit. Mes fusils ne s'entendent plus; il sont devenus sourds. Tout ce que je sais, tout ce que je distingue, c'est que je tue toujours; je tue par vingtaine, par centaine; mais ces vingt, ces cent qui crient et tombent, sont immédiatement remplacés, et le moment arrive enfin où je suis obligé de m'arrêter pour recharger mes armes. Eux ne s'arrêtent pas! Ils redoublent d'ardeur. Alors je reconnus que ce grand art de la

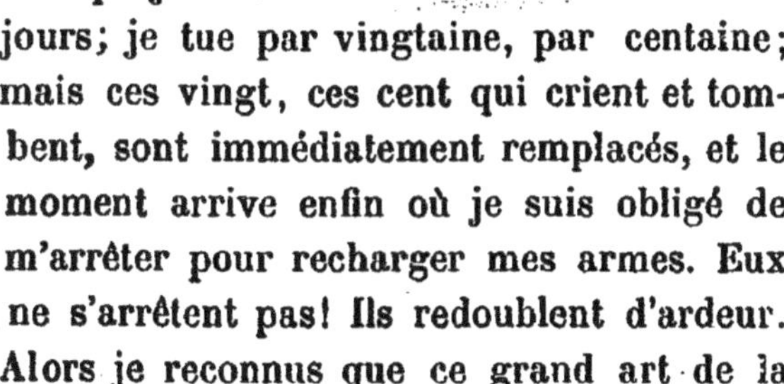

guerre n'était pas moins familier aux animaux qu'à l'homme, qu'ils en possédaient même les plus subtiles ruses. Car ce fut à ce moment où je parus faiblir, que Karabouffi, jusque-là caché derrière le rideau, parut, et vint donner un nouvel élan à ses troupes. Condé accourait jeter son bâton de maréchal dans les lignes de Senef. Karabouffi lança son bâton! Senef, c'était moi. Je faillis avoir un dessous fatal. Le bâton du babouin fut si bien dirigé, qu'il entra en flèche dans la lanterne du clocheton, m'atteignit et me fit rouler jusqu'à la dernière marche. Ma rage déborda.

Quoique étourdi par ma chute, je remontai aussi vite que j'étais descendu. Mais, dès cet instant, tous les projectiles tombèrent sur la lanterne, qui fut bientôt décapitée. Les quatre côtés allaient s'abattre. Il était temps de reprendre vigoureusement l'offensive. Ce que je fais. Je la reprends, je recommence à tuer, bien que j'eusse le front déchiré, plusieurs dents cassées, les doigts écorchés, la poitrine en sang. Vous n'avez pas oublié que j'étais nu. Vingt fois avant la nuit, qui ne m'avait jamais paru si lente à venir, je rechargeai mes trente fusils. Quel travail ! Mais la plupart commençaient à ne plus pouvoir servir, ils avaient besoin d'être nettoyés; trois avaient éclaté dans mes mains. Heureusement la nuit s'abattit enfin sur cette scène de carnage sans exemple, je crois, dans l'histoire du monde. Les animaux, quoiqu'ils soient plus méchants que nous, ne se battent pas la nuit. Ceux-ci cessèrent le feu, je cessai pa-

reillement le mien. La victoire resta indécise.

A vrai dire, c'est eux qui l'avaient déjà gagnée; car un ennemi qui se renouvelle sans cesse, fût-il vingt fois, cent fois moins habile et moins brave que son adversaire, doit finir par le vaincre. La victoire n'est donc que le nombre? Sans doute, et c'est là encore ce qui prouve combien la guerre est un art mystérieux. Mais je descendis dans mon caveau, et j'y descendis plus malade que jamais : l'exaltation s'était mêlée à la fièvre et la fièvre au désespoir. Le frisson me gagna, mes dents claquaient. L'air s'était refroidi comme les jours précédents. Je serais mort de froid cette nuit-là sans une trouvaille des plus miraculeuses. En fouillant dans un coffre de lord Campbell, où j'étais allé chercher de nouvelles munitions pour le combat du lendemain, je mis la main sur une épaisse fourrure d'un poil doux comme de la soie. En l'examinant, en considérant ses prodigieuses dimensions, je reconnus que cette belle fourrure était précisément la peau du gigantesque mandrill tué à la chasse par lord, Campbell, ce même mandrill dont le squelette, pendu à un mimosa, m'avait frappé de surprise et d'épouvante à la lueur blafarde de la lune.

Je m'enveloppai avec béatitude dans cette bonne fourrure d'un noir superbe, aussi chaude que celle d'un ours. Je fis mieux : je mis mes jambes dans celles de l'animal, mes bras dans ses bras, c'est-à-dire que j'appliquai les endroits de la peau indiquant ces parties à mes bras et à mes jambes. Puis je fixai le tout à l'aide de plusieurs coutures longitudinales pratiquées avec de la ficelle, afin que la chaleur ne se perdît par aucune ouverture. Enfin, pouvant avoir un bonnet avec la même fourrure qui m'avait fourni un pantalon et un habit, j'appliquai la peau du front du mandrill à mon propre front. Je me regardai dans une glace; je reculai de saisissement!

Avec mon teint brûlé, mes joues maigres, ma bouche tirée, qui laissait voir mes dents; avec mes pommettes saillantes, mes cheveux tombant sur les épaules; avec ma barbe de deux mois, confondue avec la masse de mes cheveux; avec mes yeux rendus mobiles et mélancoliques par la fièvre dont j'étais miné, je me pris pour le mandrill lui-même. Non! il n'est pas possible de réaliser une ressemblance plus émouvante. J'en fus troublé, troublé au point que je me mis à bondir et à gambader sur les bancs et sur les tables pour bien m'assurer par mes gaucheries que je n'avais pas perdu ma dignité d'homme. Hélas! faut-il le dire? si je ne l'avais pas entièrement perdue, elle me sembla singulièrement compromise. Je me trouvai sous cette peau d'une élasticité, d'une flexibilité alarmantes.

A peine le jour revenu, il fallut remonter au clocheton, et y remonter bien vite. Cette fois, ce n'était pas moi qui commençais le feu, c'étaient les autres. J'avais donné l'exemple la veille, ils le suivaient le lendemain. Cette reprise des hostilités tourna mal pour moi, très mal. Au bout de cinq minutes d'assaut, le mur de face de la vérandah, faible comme tous les murs de ces sortes de constructions, s'écailla, se fendit sous le choc des pierres, et bientôt les légères charpentes furent mises à nu. Le clocheton, qui soutenait en partie ce mur principal, trembla sur sa base. J'étais perdu, l'instant suprême approchait; je n'en étais plus séparé que par quelques secondes. Tout s'éboulait autour de moi. Il me restait à choisir de me faire écraser sous les débris de la vérandah ou de me précipiter au milieu de ces êtres furieux, exaspérés, ivres du délire de la vengeance et de celui d'une victoire qu'ils sentaient bien ne pas pouvoir leur échapper. Je me décidai à mourir en homme. Je pris un poignard malais dans une main, un revolver dans l'autre, et je sautai à pieds joints au centre de la fournaise.

Je tombai sur la terre, quand j'avais cru disparaître sous un réseau de griffes : un vide de trois cents pas s'était fait instantanément autour de moi. Toute l'armée avait reculé, reculé avec respect, avec une terreur solennelle, le regard en dessous, l'âme foudroyée.

J'étais pétrifié. Mais poursuivons l'histoire de cette péripétie étourdissante pour moi comme les lumières et les fanfares d'une résurrection.

Rampant sur le ventre à la façon des serpents, ces nouveaux reptiles revinrent à plat ventre vers moi. Karabouffl rampait à leur tête. Écrasé par la peur, par une peur formidable, son front énorme avait disparu entre ses épaules crispées de terreur; son souffle aminci rasait la terre; son corps,

trois fois plus considérable dans son état naturel que celui d'un homme de haute taille, n'était plus qu'une peau laminée et frissonnante plaquée contre le sol. Quand il fut à mes pieds, il les lécha pendant plus d'un quart d'heure; et, cet acte d'abaissement achevé, il s'écarta un peu pour faire place aux autres. Ceux-ci, à leur tour, se mirent à me lécher pareillement les pieds. Aucun d'eux ne fut assez hardi pour élever ce genre de vénération jusqu'à la hauteur de mes mains. Cette cérémonie me confondait d'étonnement. J'avais l'air de ce pieux personnage que les saintes légendes nous représentent entouré de l'hommage des bêtes fauves dans la fosse aux lions.

Mais que signifiait donc?... car, enfin, il fallait qu'une explication...

Cela signifiait, ma situation extraordinaire me le révéla, qu'avec ma peau de mandrill, ma tête de mandrill, ma poitrine velue de mandrill, mes mains et mes jambes de mandrill, j'étais pris, vous le devinez maintenant, pour le colossal mandrill dans lequel le vice-amiral lord Campbell avait soupçonné, et non sans raison, on le voit, un ancien souverain de Kouparou. Oui, j'étais pris pour le même grand mandrill qui aurait éventré Karabouffi si lord Campbell n'avait abattu le mandrill d'une balle au front.

Cette vénération fanatique, au lieu de se démentir, ne fit que s'accroître. Cela devenait une prière universelle. Un dieu de l'Inde n'est pas plus adoré de ses superstitieux serviteurs. J'aurais marché, trépigné sur ce tapis vivant, que pas un poil ne se fût hérissé, n'eût osé remuer.

J'étais donc sauvé? Sans doute, mais j'étais passé singe aussi. Mieux que cela! j'étais manifestement reconnu roi des singes par tous les singes de Kouparou. Et que m'avait-il fallu pour cela? tirer quelques coups de fusil, perdre la tête et fourrer sur mon dos une peau illustre.

Puisqu'il en était ainsi, puisqu'il fallait ou *perir ou régner*, comme on dit, je crois, dans les tragédies, je me résignai à régner, quoique mon peuple me parût bien laid. Mais je n'avais pas choisi.

Cette résolution étant prise, je tendis noblement la patte à mon prédécesseur, à Karabouffi, que j'élevai, par ce mouvement de grandeur facile à interpréter, au rang suprême de mon premier ministre.

Ce premier acte d'autorité de ma part étonna prodigieusement autour de moi; mais je m'aperçus qu'au fond il était du goût de la généralité. Mon bon sens ne m'avait donc pas trompé. Je m'étais toujours dit, et cela bien avant que la nation des singes m'eût placé le sceptre dans les mains, qu'il était d'une mauvaise politique à un ministre de tourmenter, d'abaisser, de punir. Car, s'il agit ainsi, s'il écoute les inspirations de la haine ou les conseils effarés de la peur, il se crée infailliblement des ennemis souterrains, implacables, des critiques acharnés à blâmer toutes ses actions, des antipathies d'autant plus à craindre qu'elles entretiennent chez le peuple des mécontents, les deux sentiments à l'aide desquels on agit à coup sûr, à un moment donné, sur son cœur et sur son esprit : le regret de ce qu'il n'a plus, l'espoir de ce qu'il peut avoir encore.

Et combien ne rend-on pas difficile, presque impossible, le retour de ceux dont on a accepté la succession, en les laissant où ils sont tombés, en ne les rehaussant pas par le mirage de l'éloignement et le coloris de la persécution, en les amoindrissant, au contraire, par une tolérance ouverte !

Je n'exerçai donc aucune sévérité contre Karabouffi, qui, après tout, avait eu la générosité, m'ayant tenu plusieurs fois en sa puissance, de ne pas me faire écorcher tout vif de la tête aux pieds.

Cependant, quel que fût mon respect pour la déchéance de Karabouffi, je ne pus lui éviter une contrariété des plus pénibles pour son amour-propre et pour ses passions. Mais, à côté de la prudence que je venais de montrer, il m'importait au même degré de montrer de l'énergie et de l'équité. D'ailleurs, dans ce que je me proposais d'exécuter, je ne faisais qu'étendre le principe au nom duquel j'avais épargné Karaboufll lui-même. Tous les sajous, tous les anciens partisans du mandrill dont j'occupais la place, furent relevés de l'exil et de la disgrâce. Quelques vieux orangs-outangs, quelques babouins du règne tombé, quelques-unes de ces vieilles moustaches coiffées de ces hauts chapeaux à grands plumets volés à la station navale du vice-amiral Campbell, murmurèrent derrière leurs barbes. Je n'en tins nul compte. L'exemple fut bon. Il entraîna. On est toujours fort quand on est dans le bien. A l'instant même les grands dignitaires de l'espèce, ceux qui tenaient le rang de juges, de généraux, de grands officiers du palais, sourirent à la proposition et reçurent à bras ouverts les proscrits. Sajous et babouins s'embrassèrent en pleurant. La réconciliation était-elle sincère? Peut-être bien. Ceux qui ont intérêt à tenir les partis divisés soutiendront toujours qu'il est périlleux pour la société de les mettre en présence; mais... mais je passe; les réflexions m'étouffent.

Voici l'épreuve plus cruelle à laquelle je fus obligé de soumettre personnellement mon prédécesseur, malgré mon humanité bien

connue. Suivi de tous mes sujets et de toute ma cour, ayant mon premier ministre Karabouffi à ma droite, je me dirigeai en grande pompe vers la prison de l'infortuné Mococo. Le cortège était imposant. Nous parvînmes à l'horrible cage au fond de laquelle il languissait de tristesse et d'amour. Saïmira, qui le consolait en ce moment derrière les barreaux, fut effrayée de la présence de cette foule. Elle crut qu'on venait chercher son amant pour le conduire à l'échafaud. Comment la détromper sans me trahir? L'événement se chargea de la rassurer. Je délivrai d'abord Mococo; mettant ensuite sa main émue dans celle de la gentille Saïmira, je fis comprendre aux deux chers amants, en les tenant pendant quelques minutes enchaînés par cette douce pression, que je les unissais à la face du ciel, qui a vu des unions infiniment moins bien assorties parmi les hommes. A ce spectacle de bonheur, Karaboufli déchira l'air d'un cri de désespoir et de rage. J'eus pitié de sa position. Afin de lui épargner le poison lent de voir chaque jour un si heureux ménage, j'éloignai pendant quelque temps le couple de chimpanzés. Ils allèrent l'un et l'autre, sous ma protection, épuiser le doux miel de leur lune dans un endroit isolé que je leur désignai dans un coin de l'île, au milieu des eaux blanches et endormies, des lianes jaunes et roses, et des fleurs mystérieuses qui s'ouvrent la nuit pour que le soleil ne boive pas leurs parfums. Les guenons parurent extrêmement satisfaites de ma conduite. Quoique la plupart d'entre elles ne fussent pas, ainsi qu'on l'a vu, des chefs-d'œuvre de régularité, elles m'approuvèrent beaucoup. Ce qui est honnête a cela d'absolu en soi qu'il force l'hommage même du vice, et c'est là peut-être son plus beau triomphe.

Ces débuts d'un règne en apparence si facile ne me laissèrent pas tout à fait sans inquiétude, quoique, au fond, je me hâte de le déclarer après expérience faite, rien ne soit plus facile que de gouverner et de bien gouverner. Est-ce que Dieu aurait jamais voulu mettre à si haut prix l'art de diriger les hommes que d'en faire le privilège de certaines familles et de certains hommes extraordinaires? Il m'a été souvent plus difficile de vendre une perruche, quand j'étais marchand d'oiseaux, que d'être maître de la volonté de cent mille sujets de l'espèce pourtant assez peu maniable qui m'était départie.

Mais je dois dire quelle grave inquiétude me préoccupait dès les premiers jours de mon auguste règne. Comment aurais-je été tranquille tant que le squelette du mandrill restait accroché à l'arbre de la forêt des mimosas? Le premier venu parmi mes nouveaux sujets qui l'aurait aperçu n'eût pas manqué de divulguer le fait aux autres; et alors qu'est-ce que je devenais? Comment pouvais-je être à la fois vivant et mort, pendu et régnant? Grand et profond souci pour un souverain d'avoir contre lui son squelette.

Il fallait donc songer au plus vite à sortir de cet affreux embarras. Le plus simple, pensera-t-on, était de faire disparaître le maudit squelette; le plus simple... pas pour moi, que des milliers de courtisans entouraient toujours. Pourtant, par une de ces nuits d'orage, comme on en voit peu dans

les autres contrées du monde, mieux assises sur leurs bases, par une de ces nuits de soufre et d'électricité qui endorment les tigres et les éléphants sur leurs genoux comme s'ils étaient de pierre, tant l'air est lourd à leurs yeux et à leurs cerveaux, je sortis. Mes gardes du corps, mes chambellans, mes valets de chambre dormaient à ne pas entendre la trompette du jugement dernier. Le vent était d'une telle impétuosité en chassant les nuages au ciel, que la lune paraissait se décrocher de son cadre et tomber de tout le poids de son disque à l'horizon, pour remonter aussi vite à son zénith. Des arbres de cent quarante pieds de haut étaient brisés comme des allumettes, et, après avoir été couchés et soulevés par la tempête, ils passaient à mes côtés comme des tourbillons de paille; une seule feuille sèche de ces arbres qui m'eût pris au revers, quelques-unes, il est vrai, ont un demi-mètre de largeur, m'eût coupé en deux avec la netteté d'un rasoir. Je vis cette bourrasque faucher en trois minutes des parties de forêt et laisser le terrain nu jusqu'à la roche. On ne comprendrait pas comment je ne fus pas emporté comme un atome, si l'on ignorait que ces ouragans procèdent par courants dont la largeur varie peu. Ce sont des bandes, des espèces de lignes tirées avec la régularité d'une règle. A deux pas de la tempête on peut la voir passer sans être atteint. Telle fut la nuit que je choisis pour mon expédition funèbre.

On ne me vit donc pas sortir de la vérandah. Je m'esquivai dans l'ombre et je gagnai, caché dans les plis de la tempête, le grand bois des mimosas où je savais être accroché. Je dis *moi*, car désormais je me supposais en tout, pour tout et partout le mandrill, le mandrill découvert par lord Campbell. Je parvins à l'arbre patibulaire, et là, après avoir creusé une fosse de sept pieds de longueur, je m'enterrai avec toutes les précautions possibles. Je me couvris d'abord de terre végétale, puis de sable, puis de gravier, ensuite d'une nappe de feuilles sèches. En ce moment bizarre et solennel, je me crus plus extraordinaire que Charles-Quint lui-même. Il n'assista, au couvent de Saint-Juste, qu'à son propre convoi funèbre, tandis que moi, Polydore Marasquin, j'étais à la fois mon propre convoi, mon propre fossoyeur et mon propre mort. A coup sûr, j'étais, on en conviendra, le premier exemple d'un souverain et d'un homme qui s'inhume de ses propres mains. Une fois tranquille sur mon inhumation, je ne pensai plus, en attendant mon entière délivrance, qu'à profiter de l'erreur à laquelle j'en devais déjà une partie, c'est-à-dire à bien régner. Rien n'est plus facile; j'ai exprimé mon opinion à cet égard. Les sujets se chargent ordinairement de vous rendre cette besogne encore plus aisée. Ils veulent à tout prix trouver le successeur infiniment meilleur en toutes choses que le prédécesseur. Quoi qu'il fasse, il est toujours plus intelligent, plus énergique, plus généreux. Premier moyen de popularité forcée. Néron et Louis XI n'y ont pas échappé. Le second moyen de popularité offert à un nouveau souverain, et il n'est pas moins infaillible qu'il est banal, est celui-ci : c'est de faire exactement le contraire de son prédécesseur, d'être le contraire de ce qu'il a été. Il parlait beaucoup, soyez silencieux; il était silencieux, parlez beaucoup; il allait à pied, n'allez qu'à cheval; il allait à cheval, n'allez qu'à pied; il était familier, soyez fier; il était fier, soyez familier; il était pacifique, soyez batailleur; il était batailleur, soyez pacifique; il aimait les arts, méprisez-les; il les méprisait, faites semblant de les aimer; il adorait la famille, restez célibataire; il pratiquait le célibat, mariez-vous; il jetait l'or par les croisées, soyez économe; il était avare, jetez l'or par les croisées. J'en ai assez dit pour qu'on ait saisi la valeur de ma théorie. Passons maintenant, en ce qui me concerne, à l'application de cette théorie.

Il va sans dire que, n'ayant pas absolument à gouverner des hommes, mais des êtres très inférieurs à l'homme, quoiqu'ils aient une effrayante ressemblance avec lui, je n'eus pas l'occasion d'appliquer ma théorie dans toute sa rigueur. Je m'attachai seulement à bien connaître ce que je devais en détourner pour mener à mon but des esprits inconstants, légers, frivoles, passionnés, imitateurs surtout.

Mon prédécesseur Karabouffi ayant fait détruire par ses sujets, devenus les miens, ma gracieuse vérandah, je ne crus rien imaginer de plus agréable pour eux que de les obliger à la reconstruire. Je pris quelques moellons détachés par le choc de leurs projectiles, et, en leur présence, je les posai les uns sur les autres dans l'ordre symétrique qu'ils occupaient avant leur déplacement. Aussitôt, et comme par l'ordre de la fée, tous les moellons furent disposés d'une manière admirable. Je brûlai ensuite certaines pierres que je délayai dans de l'eau pour en obtenir de la chaux vive; à l'instant même tous mes sujets, saisis de la rage de maçonnerie, broyèrent des calcaires, cassèrent des coquilles, apportèrent de l'eau, délayèrent, remuèrent, et me procurèrent de la chaux en assez grande quantité pour rebâtir la tour de Babel. Ils étaient beaux à voir, blancs de plâtre jusqu'aux coudes et jusqu'aux genoux.

Karabouffi avait l'air de penser, en voyant le parti que je tirais de ses anciens sujets, qu'il n'aurait tenu qu'à lui de suivre le même chemin que moi, d'arriver au même but. Il avait raison, mais il ne l'avait pas fait.

Du reste, mûri par l'expérience, s'il reprenait jamais son sceptre, il n'avait, pour se rendre populaire, qu'à démolir mon ouvrage.

La vérandah relevée de ses ruines, je fis tracer, à travers les forêts environnantes, quatre superbes allées de plusieurs lieues qui allaient jusqu'à la mer. Cette magnifique percée fut ouverte en quelques jours et par un moyen aussi simple que celui auquel j'avais eu recours pour faire reconstruire mon palais. Je commençai par arracher trois arbres à droite, trois arbres à gauche des quatre lignes représentant les quatre routes à ouvrir dans l'épaisseur du bois. Aussitôt les mains et les haches s'abattirent sur les arbres. Je crus voir se renouveler l'ouragan dont je fus assailli le soir de mes funérailles. Mon but, en ouvrant ces quatre routes, était de découvrir d'aussi loin que possible si quelque vaisseau ne viendrait pas visiter cette île et me délivrer.

On devine sans effort qu'une fois que j'eus la liberté de mes mouvements, je ne restai pas sans m'occuper de savoir si quelques vestiges épars dans l'île ou sur ses bords ne me diraient pas quel avait pu être le sort, à coup sûr funeste, des braves marins de la station navale. Mes investigations eurent le résultat que je vais dire. Au fond de la baie échancrée dans la terre, où le journal de lord Campbell indiquait le mouillage de l'*Halcion*, je fus frappé d'une particularité qui prouvait clairement que cette magnifique frégate n'avait pas quitté la baie d'une façon naturelle. Si elle eût appareillé selon les règles ordinaires de la navigation, elle eût enlevé, avant de partir, ses ancres et les bouées qui marquaient l'endroit où elles avaient été descendues. Eh bien ! les bouées

étaient à leur place, et je n'eus qu'à glisser ma main sous l'une d'elles pour m'assurer que les ancres n'avaient pas bougé. Dans leur précipitation de voleurs, les pirates avaient coupé les câbles à la hauteur des bouées, et ils avaient ensuite remorqué au large la frégate pour l'entraîner Dieu sait où ! Je fus donc irrévocablement fixé sur son sort ; mes premières inductions ne m'avaient pas trompé. Toute la station navale était devenue la proie des écumeurs malais de l'archipel de Soulou.

En parlant de cette expédition tentée par moi au mouillage de l'*Halcion*, je ne dois pas omettre de dire que je fus accompagné des grands dignitaires de ma maison royale. Leur zèle alla jusqu'à se jeter à l'eau avec moi quand je me portai en nageant à l'endroit où flottaient les bouées, faute d'une barque ou d'une pirogue quelconque pour m'y conduire. On voit que, si l'affection de mes premiers courtisans était grande, ma marine n'était pas encore dans un état fort brillant.

Je rentrai dans mes Etats, après cette courte absence, aux acclamations de mes sujets, dont je faisais de plus en plus le ravissement. Dirai-je ici que la chose qui me popularisa par-dessus tout parmi eux, la chose qui vint merveilleusement prouver l'efficacité de ma théorie gouvernementale, celle dont j'ai parlé un peu plus haut, c'est qu'au contraire de mon prédécesseur, qui avait eu l'habitude, jusqu'à sa nouvelle déchéance si peu méritée, de s'habiller ridiculement, moi j'allais tout nu. On ne saurait croire combien le relief de ce contraste me

mettait en faveur. Quelle simplicité! murmuraient élogieusement toutes les lèvres, quel naturel charmant! mon Dieu! il montre son dos comme nous et nous sommes aussi laids que lui.

Il n'est donc pas indispensable de se coiffer toujours d'un chapeau théâtral pour être accepté comme un grand roi.

Mais, je dois l'avouer avec la franchise que j'ai apportée jusqu'ici dans le récit de mes aventures, ce fut ce même avantage de régner tout au qui me causa le plus amer chagrin qu'on puisse imaginer, et qui me fit courir le plus sérieux des dangers dans la position exceptionnelle où je me trouvais. Quand j'y pense, le frisson court sous ma peau, mes cheveux se dressent, mon cœur blêmit comme si j'étais sur le point de tomber en défaillance.

Avant de raconter ce dernier événement de ma captivité dans l'île de Kouparou, je dois dire l'effort que je tentai pour introduire dans l'âme obscure de ces pauvres êtres, légers comme l'enfance et mobiles comme la folie, quelques notions bien simples de morale. Ne vous pressez pas de vous récrier sur le péril de cette nouveauté hardie. Qui sait si Dieu ne nous a pas chargés, dans une certaine mesure délicate, de cette mission?

Quoi qu'il en soit, puisque j'ai pu, me dis-je un jour, un jour de mon bizarre règne, puisque j'ai pu faire mettre à genoux un éléphant et le dresser à saluer avec sa trompe les pères jésuites de Macao, qui venaient parfois visiter ma ménagerie; si j'ai pu apprendre l'oraison dominicale à un perroquet que je vendis mille francs à l'archevêque de Goa, touché d'une aussi belle éducation, pourquoi n'inculquerait-on pas quelques sentiments de moralité dans l'esprit bien plus délié des singes? Ils ont l'instinct du mal, donnons-leur celui du bien.

Ils avaient été bien irréguliers, sans doute, jusqu'au moment où j'allais essayer d'épurer leurs mœurs. C'était au point que leur dépravation, passée dans leur sang, incrustée dans leurs traits, se lisait sur leurs visages et leur donnait quelque chose qui les élevait par le vice à la ressemblance avec certains hommes d'une notoriété universelle. Celui-ci avait les yeux infernaux et les rides spirituelles de Voltaire ; celui-là avec sa perruque vénérable et ses lèvres grosses et cyniques, l'air grave et impie de M. Diderot; l'autre étalait, large et pantelante, la face tuberculeuse et bourgeonnée de ce magnifique truand appelé, je crois, M. de Mirabeau. Tous, enfin, ressemblaient par quelques grimaces, par quelques attitudes, tant ils étaient corrompus, à ces philosophes français dont mon grand-père, Nicolas Marasquin, avait dans sa bibliothèque la vie et les portraits. Sans doute, je le répète, tout ceci était fort irrégulier, fort difficile à modifier. C'était presque entreprendre de retoucher la création; mais, saint Jean me servait d'exemple et d'autorité. On sait qu'il prêcha dans les sables du désert à des animaux terribles qu'il sut rendre attentifs.

Je me taillai une chaire dans le tronc d'un gros arbre, et je commençai mon œuvre de moralisation. Pas de paroles, mais des mouvements de l'âme rendus par des gestes expressifs. Je parus être compris. Je levais les yeux au ciel, mon auditoire aussitôt les levait; je croisais les bras, il croisait les bras; je

murmurais d'honnêtes paroles, il agitait rapidement les lèvres. Oui, dociles à reproduire tous mes élans, les babouins, les callitriches, les doucs, les talapoins, les bonnets-chinois, les singes nocturnes, les magots, les plus vieux mandrills, avaient les yeux humides et se frappaient la poitrine.

Je vis bien alors que rien n'est plus aisé que de faire d'un peuple de singes un peuple de dévots; c'est l'affaire d'un tour de main et de quelques procédés. L'embarras est de savoir combien de temps doit durer cette impulsion. La réponse est difficile, puisque le temps seul, que rien ne supplée, a mission de la faire. J'ai nommé l'écueil où je courrais me briser; écueil, il est vrai, contre lequel viennent périr des souverains bien autrement puissants que moi. J'ai nommé le temps! On ne sait pas le rôle qu'il joue dans leur vie et le désordre funeste qu'il allait apporter dans la mienne. Parlons d'eux, puis je parlerai de moi. Ont-ils le temps d'attendre d'être assez vieux d'origine pour se faire respecter comme race; auront-ils même le temps, à défaut de la race qui précède, de se créer celle qui suit? Auront-ils le temps?...

Voici en quoi le temps me trahit comme souverain de Kouparou.

Un jour de grande revue militaire, un jour que je me livrais devant mon peuple à des cabrioles sérieuses en manière de salut, la peau du mandrill, dont j'étais toujours revêtu, craqua!... elle craqua à une place où mon corps avait toujours éprouvé quelque difficulté à trouver son entier développement. Elle se fendit à l'endroit un peu usé où le mandrill avait pendant sa vie l'habitude de s'asseoir. Je voulus douter... une fraîcheur inusitée suivit ce déchirement déplorable. C'est le masque qui tombe au milieu d'un bal. J'étais perdu : l'homme était reconnu! Mon règne, ma grandeur, ma vie allaient s'évader honteusement par cette brèche.

Ah! je n'avais pas prévu combien les peaux, même les plus illustres, durent peu! Quelle imprudence! quelle imprudence! ou plutôt quel malheur! Mes sujets s'aperçurent-ils de l'accident? Qu'en pensèrent-ils s'ils s'en aperçurent? Grave, très grave préoccupation. Je n'osai plus me permettre un seul mouvement pendant cette revue, qui me parut éternelle tant je souffrais d'anxiété et de crainte. On n'imagine pas les ruses auxquelles j'eus recours pour passer devant le rang de mes troupes sans les mettre dans la confidence d'un événement qui eût entraîné immédiatement ma perte. Enfin je cachai mon désastre comme je pus, et je gagnai comme je pus la vérandah, où je parvins plus mort que vif.

Je passai une nuit horrible; je la passai aussi à raccommoder ma culotte avec les soins les plus ingénieux. Oh! comme je m'appliquai! c'est que c'était mon règne que je rapiéçais. Je réussis à rapprocher les deux bords de la blessure d'une façon assez satisfaisante, mais je sentais bien que la réparation ne résisterait pas aux moindres efforts que j'allais être nécessairement obligé de faire soit pour marcher, soit pour m'asseoir; car enfin, je ne pouvais toujours me tenir debout pendant la durée entière de mon règne.

Misère de l'homme, et de l'homme même monté au sommet des dignités humaines! Un gouvernement, un État, un règne, dépendre, dans une circonstance donnée, de la solidité d'un fond de culotte!

Enfin, la nuit s'écoula; au jour, mes sujets, qui m'avaient cru indisposé pendant la revue de la veille, se pressèrent sous le balcon de la vérandah pour avoir de mes nouvelles. Il me fallut paraître au balcon; j'y parus, mais plus de saluts à me disloquer les membres dans

le but de les pénétrer de la vivacité de mes affections, plus de sauts de carpe à les ravir d'admiration; la plus sévère circonspection m'était recommandée. Je fus pourtant obligé, pour répondre à l'enthousiasme de mes sujets, de descendre au milieu d'eux par une corde placée à cet effet entre le balcon et le sol. Avec quelle prudence j'opérai cette descente, qui paraîtra si peu royale à bien des gens! comme je me gardai de la moindre tension des muscles! comme j'attendis d'être presque à terre pour m'élancer au milieu de mon peuple!

Tout se passa assez bien, Dieu merci! quoique certains sapajous trop zélés levassent de temps en temps la tête et leur museau pointu comme pour s'assurer qu'ils avaient mal vu la veille... Périlleuse inspection!...

Enfin, échappant aux tendresses de mes sujets, je remerciai le ciel du succès de ma couture, mais je n'en demeurai pas moins convaincu que mon règne était fatalement lié à cette culotte de peau; que la durée de celui-ci était limitée à la durée de celle-là; et que cette culotte, symbole de ma destinée, s'amincissait de jour en jour et devait tôt ou tard entraîner ma ruine.

La sagesse des nations a dit : « Il n'y a pas de bonheur parfait dans ce monde! » J'eusse été aussi heureux qu'un homme a droit de l'être dans une position aussi étrange que la mienne, sans la menace incessante de cette peau toujours sur le point de se déchirer. Et, comme si la destinée eût pris plaisir à mêler l'ironie au châtiment, plus ce vêtement fragile marchait vers un cataclysme imminent, plus mon existence s'embellissait. Tranquille dans ma souveraineté respectée, j'éprouvais le plaisir d'un captif délivré à me rapprocher de la nature primitive pour laquelle nous sommes faits, et dans le milieu attractif de laquelle hommes et nations ont toujours une tendance à se replonger pour se rajeunir.

La vie civilisée, dont nous exaltons avec plus d'orgueil que de réflexion les contestables avantages, n'est pas un progrès, mais un écart. Cet air pur et ferme que je respirais, cet air jamais vicié par l'haleine dissolvante des passions, en touchant mes organes, me donna d'autres goûts. Mes désirs se raréfièrent. Ces fruits faciles et beaux, ces eaux limpides suffisaient à mon appétit, dégagé de l'irritation d'un travail immodéré.

Peu à peu j'en vins à prendre en horreur l'affreuse habitude de se nourrir de la chair des animaux, et étendant, par la pensée, à l'humanité entière la révolution produite en moi, je prédis pour les générations futures l'époque certaine où manger un chevreuil ou un oiseau leur paraîtra aussi criminel que de manger un homme. La civilisation seule a soulevé ces appétits abominables qui déchirent la chair des animaux pour se satisfaire. Si l'anthropophage mange son ennemi, c'est par vengeance et non par sensualité. Si nous ne mangeons pas de l'homme, nous, ce n'est pas par respect pour l'homme, mais par dégoût pour sa chair, et surtout à cause de la crainte où nous sommes d'une réciprocité forcée : nous ne mangeons pas notre semblable de peur que notre semblable ne nous mange.

Ainsi le sauvage n'est que fou en dévorant son ennemi; mais le véritable anthropophage c'est nous, cannibales de fantaisie, qui égorgeons et mangeons un lièvre parce que nous préférons tout simplement sa chair à celle de l'homme.

Il n'est pas jusqu'à cette enveloppe de man

drill, sous laquelle, les premiers jours je me faisais honte, qui n'avait fini par me paraître mille fois préférable à ces odieuses carapaces d'étoffes et de drap, tour à tour adoptées et rejetées par l'idiotisme de la mode, et dont la cuirasse ne répond à aucune de nos articulations. Sous cette peau élastique et douce, souple, fine et chaude à la fois, il m'était aussi agréable que facile de me plier, de me mouvoir, de m'élancer de branche en branche, de me laisser tomber sur le gazon, de rebondir, de courir, de me glisser à travers les taillis, de me balancer à la tige des bambous, de quitter la terre pour plonger dans l'eau, de sortir de l'eau pour suivre la crête d'un rocher et m'asseoir au sommet d'un pic.

Malheureusement il ne m'était pas permis de parcourir toute cette gamme de mouvements avec une entière liberté d'esprit. Vous savez ce qui m'en empêchait, vous savez quel obstacle... Or, un jour, cet obstacle, par l'effet d'un dernier accident, prit des proportions si redoutables, qu'il n'y avait au monde ni aiguilles, ni tailleurs capables, cette fois-là, de me sauver.

Voici ce terrible et suprême accident :

Je couchais d'habitude avec ma peau de mandrill; car la quitter, même pendant le

sommeil, eût été une grave imprudence. Une nuit, j'eus un grand rêve; dans ce rêve, inspiré par un *instinct d'ambition* dont je ne m'étais pas bien rendu compte, je me faisais sacrer roi de Kouparou par l'archevêque de Goa. Moi me faire sacrer! quelle aberration! moi, après tout, qui ne régnais qu'en vertu d'un mensonge, que parce que des créatures faibles d'intelligence croyaient voir en moi un ancien dieu de Kouparou dont je m'étais appliqué habilement la peau ! Mais ce n'était qu'un rêve jusque-là... jusque-là !... J'achève de le raconter :

Entouré de son magnifique clergé, le plus riche en diamants, monseigneur de Goa, après toutes les cérémonies pratiquées au sacre des souverains, prenait une couronne d'or et d'émeraudes sur l'autel tout rayonnant de lumières, et marchait solennellement vers moi pour la poser sur ma tête. Ce fut le moment de la catastrophe. Comme l'archevêque, placé sur une des marches de l'autel, me dominait de toute sa hauteur, je fus obligé, pour recevoir la couronne qu'il me présentait, d'élever excessivement les deux bras. Il paraît que j'étais si préoccupé de l'action de mon couronnement, dans mon rêve, que je répétais, comme si j'eusse été éveillé, toutes mes paroles et tous mes gestes. Or, en m'élançant vers l'archevêque de Goa pour l'aider à me placer la couronne sur la tête, je tendis beaucoup trop, je présume, la peau du mandrill. Il y eut un déchirement subit, et cette fois le déchirement fatal s'opéra de la nuque jusqu'au bas du dos sans solution de continuité. Le bruit de cet écart foudroyant fut si fort qu'il m'éveilla.

Quel réveil! L'habit n'était plus qu'une tunique flottante, ouverte par derrière au lieu de l'être par devant, comme il est d'usage. Je me levai effrayé, épouvanté, désespéré. Je voulus douter... Mon malheur n'était que trop réel; malheur très grand, malheur irréparable, malheur sans remède; car il eût fallu des instruments et des moyens que je n'avais pas à ma disposition pour réunir cette fois les deux lambeaux de ma pourpre royale. Mon règne était fini; ma vie suivrait de près mon règne, et le tout au sujet de cette déchirure! Ah! l'homme est bien misérable! Dépendre ainsi de la peau d'un mandrill! Je demeurai si parfaitement persuadé, en présence de cet événement ironique et cruel, de la certitude de ma perte, que je me barricadai à l'instant même et me fortifiai immédiatement derrière les murs de la vérandah, comme la première fois que je fus forcé de transformer en forteresse ce joli pavillon de lord Campbell.

Le lendemain, quand mes sujets ne me virent pas sortir, ils se rassemblèrent sous mes croisées, et j'éprouvai la douleur d'être témoin de leur inquiétude vraiment touchante, sans oser me montrer pour les rassurer. Le jour suivant ils se réunirent encore en plus grand nombre ; le troisième jour, la population entière de l'île se pressa autour de la vérandah.

Alors l'affection de ces sujets si dévoués, qui ne s'était traduite jusque-là que par des expressions contenues, se manifesta par des plaintes bruyantes, des éclats assourdissants de sympathie, des hurlements de tendresse. Les oreilles m'en saignaient autant que le cœur. Ils me demandaient, ils m'appelaient, il me voulaient à tout prix.

En ce moment, je vis combien les animaux, même les plus bas placés dans l'ordre hiérarchique de la valeur morale, ont plus de reconnaissance que beaucoup d'êtres intelligents pour leur souverain. Ils n'oublient pas en un jour le bien qu'il leur a prodigué, l'exacte justice qu'il s'est plu à répandre sur eux, l'ordre et le bonheur dont il les a entourés, souvent aux dépens de son propre bonheur, pour se précipiter subitement aux pieds d'un nouveau maître dont ils n'ont éprouvé ni l'intelligence ni le cœur, lâches esclaves de la nouveauté, enfants frivoles, pressés de traiter le chef auguste de la société comme les enfants traitent leurs jouets, pensant toujours que le dernier est le plus joli et que le précédent ne mérite que d'être brisé violemment contre le mur.

La vérité veut que j'ajoute que cet amour de mes sujets prit, au bout de cinq jours d'attente sans résultat, un caractère étrange. Prétendant à toute force parvenir jusqu'à moi, puisque je n'arrivais pas jusqu'à eux, ils recommencèrent le siège de la vérandah et avec les mêmes moyens d'attaque, c'est-à-dire à l'aide de bâtons et de pierres, armes si décisives entre leurs mains.

Et, cette fois, un sentiment noble les dirigeant, ils se montrèrent incomparablement plus acharnés dans leur détermination de renverser les murs derrière lesquels je me dérobais à leur amour.

Comment rester insensible à ces marques d'intérêt? Pourtant j'eusse désiré, je ne le cache pas, voir cet immense intérêt se produire sous des formes moins redoutables. Quoi qu'il en soit, j'aurais rougi comme d'un crime de les repousser cette fois à coups de fusil et de mousquet. Je n'opposai aucune résistance. Bien au contraire! je pleurais de joie et d'orgueil d'entendre les murs, les toits, les croisées, les balcons extérieurs, les portes, toutes les charpentes de la vérandah, craquer sous le poids des énormes pierres qu'ils lançaient et dont quelques-unes ne pesaient pas moins de trente livres. Où donc les avaient-ils prises? Ah! combien leur tendresse devait-elle être ingénieuse pour en avoir recueilli de cette grosseur dans une île presque uniquement formée de débris végétaux et de sables fins! J'étais ému de ce dévouement dont le dernier terme était infailliblement ma mort, car quelle déception ne les attendait pas dans peu d'instants! Ils comptaient se trouver en présence d'un mandrill derrière ces murs renversés par eux, et ils ne mettraient la main que sur un homme blond, quoique Portugais, et parfaitement identique, pour son malheur à ce qu'il y a de mieux conformé et de plus agréable en homme.

Je n'avais plus que quelques minutes à soutenir ce siège conduit par le plus pur dévouement pour arriver au plus certain des meurtres; tout s'effondrait et s'abîmait autour de moi... Trois coups de canon retentissent au loin. Ai-je bien entendu?...

J'écoute... Trois autres coups suivent ceux qui ont si vivement surpris mon attention.

Mon attention redouble.

Je ne suis pas seul à avoir entendu... on écoute aussi parmi les assiégeants.

L'île entière est attentive.

Une troisième fois, trois autres coups de canon... Mais c'est un vaisseau alors! un vaisseau qui arrive dans ces parages! un vaisseau qui aborde dans l'île! un vaisseau! un vaisseau!

Les coups de canon continuent à résonner.

Décidément, décontenancés, inquiets, les assiégeants se sont arrêtés au bruit de ces détonations répétées, répétées plusieurs fois par les échos de l'île de Kouparou.

Leurs pierres à la main, le museau au vent, le cou tendu, le poil magnétiquement hérissé, l'oreille au guet, ils cherchent à s'expliquer... ce que j'aurais voulu m'expliquer moi-même.

Qu'arrivait-il? Venait-on me délivrer?... Mais tous ces coups de canon pour moi seul?... Non!... un navire en danger appelait-il à son aide? Ou bien étaient-ce encore des pirates qui descendaient dans l'île? Mais

que viendraient-ils y voler? Ils ont déjà tout pris. Était-ce un combat?... Ah! mes anxiétés étaient infinies!

Une demi-heure après toutes ces détonations, qui n'avaient pas laissé d'intervalle entre elles, j'entendis des tambours, des instruments de cuivre, des fanfares militaires. C'était un débarquement! une conquête! l'air parlait de victoire.

Mes bons et hostiles sujets me paraissaient de plus en plus étonnés. Chez beaucoup cet étonnement prenait le caractère de la frayeur; quelques-uns cherchaient déjà de leurs regards furtifs des percées favorables à une fuite prochaine.

A toutes ces clameurs de poudre et de clairons se mêlèrent bientôt des cris d'enthousiasme et des ordres de commandement. Des troupes s'avançaient; venaient-elles de mon côté? A coup sûr, elles venaient de mon côté, car je ne tardai pas à voir briller dans l'air, au fond d'une de ces belles allées que j'avais fait ouvrir par mes sujets, des canons de fusil, des baïonnettes, des pommeaux dorés d'épée et des uniformes. Ces uniformes, qui se détachaient avec un grand relief sur les bandes de l'horizon, me parurent ceux de l'armée et de la marine anglaises.

Qu'on imagine si ma vue et mon âme s'attachaient aux moindres mouvements de cette masse d'hommes qui s'avançait avec tant de rapidité et tant d'ordre vers l'endroit d'où je

la dévorais des yeux.

A un coup de sifflet sorti, je n'en doutai pas, de la poitrine métallique de Karabouffi, mon premier ministre, et je crois un peu mon successeur, dans sa pensée, depuis que je m'étais dérobé à l'amour de mon peuple, tous les singes, les forts, les rusés, les plus audacieux, les plus lents, les plus vifs, les plus subtils, les plus tenaces, disparurent dans tous les sens; ils s'évanouirent comme l'air par toutes les issues; plus un seul!

Un gaz ne s'échappe pas plus vite.

Le vaste terrain étendu devant la vérandah se trouva vide en un clin d'œil.

Un instant après, les troupes occupaient cet espace laissé si rapidement libre par les singes.

Un officier supérieur se plaça au milieu de cette petite armée, qui se rangea circulairement et sur un développement considérable. Quelle joyeuse et inexprimable surprise pour moi! dans cet officier supérieur je reconnus le brave vice-amiral, l'excellent lord Campbell lui-même. Je poussai un cri... mais j'étais trop loin pour être entendu.

Lord Campbell fit signe qu'il allait parler.

On écouta, et il dit :

« Messieurs,

« Vous savez tous par quel piège indigne et criminel nous fûmes enlevés de cette île il y a cinq mois.

« Vous savez le châtiment que nos braves compatriotes d'une escadre, arrivée miraculeusement dans les mers des Indes six mois plus tôt qu'elle n'était attendue, ont infligé au sultan de Soulou. Sa capitale a été incendiée; l'*Halcion* a été reprise sur les pirates malais qui avaient osé traîtreusement l'enlever; cent cinquante d'entre eux ont subi la peine réservée aux pirates. Ils ont été pendus aux vergues de leurs jonques et de leurs champans. Des indemnités ont été payées aux familles des braves marins qui ont succombé dans cet attentat commis au mépris du droit des gens.

« Un dernier acte de réparation nous était dû.

« Aujourd'hui je viens avec votre aide, messieurs, reprendre possession de cette île au nom de notre gracieuse Majesté. »

Des hourras s'élevèrent et interrompirent le vice-amiral, qui reprit ainsi :

— Je plante ici le noble pavillon de l'Angleterre, et je vous invite, messieurs, à le saluer selon les usages militaires.

Des décharges simultanées répondirent à cet appel du lord amiral, et le drapeau anglais se déploya dans toute la majesté de ses glorieuses couleurs devant la vérandah.

La cérémonie de la reprise en possession touchait à sa fin.

C'est à ce moment que je sortis des ruines de la vérandah, recouvert de ma peau déchirée, délabrée, usée, mais pas assez cependant pour n'être pas pris pour un mandrill par tous les Anglais présents à ma grotesque apparition.

Ils restèrent frappés d'étonnement en voyant un singe de la grande espèce venir ainsi se jeter au milieu d'une réunion solennelle. Leur surprise tourna en fou rire, qui fut partagé par tout le détachement, quand il m'entendirent parler anglais à lord Campbell, à qui je m'adressai le premier, tenant un drapeau blanc à la main. Un mandrill parlementaire !

— Qui êtes-vous ? me demanda l'amiral,

singulièrement intrigué par la nature du personnage moitié homme, moitié bête, qui lui parlait.

— Un chrétien, lui répondis-je, qui a vécu pendant trois mois parmi les singes.

— En seriez-vous un ?

— Non, milord. Cette peau n'est pas la mienne.

— Nous en sommes parfaitement convaincus, parfaitement sûrs, dit assez haut pour être entendu un jeune lieutenant irlandais placé derrière moi.

— Mais d'où vient que vous en êtes revêtu ? D'où vient que vous êtes ici, vous que nous avons laissé marchand d'oiseaux à Macao, car je crois vous reconnaître ?

— Milord, c'est une histoire bien longue, et que je n'oserais jamais vous raconter, tant elle est longue, si elle ne se rattachait intimement à la vôtre.

— A la mienne !

— Oui, milord amiral, à la vôtre.

On se regarda, et les rires recommencèrent autour de moi.

— Je prendrai la liberté de vous la raconter, milord, quand je serai dans un état plus convenable d'esprit et de corps. Je n'en

dirai qu'un seul mot à Votre Seigneurie afin de lui faire pressentir qu'elle est digne de son attention.

— Quel est ce mot?

— Milord, je suis le dernier roi de cette île.

Cette réponse n'était pas faite pour arrêter la moqueuse gaieté de mes auditeurs, fort jeunes la plupart, et par conséquent fort peu portés à l'indulgence. Il faut convenir aussi que ce roi demi-nu, sous une peau de singe en guenilles, justifiait assez bien l'accueil qui salua mes paroles royales.

Lord Campbell me demanda en riant, après avoir entendu ma réponse, si je n'apportais, puisque j'en étais roi, aucune opposition à la prise de possession par lui de l'île de Kouparou.

Je le priai de ne pas se railler d'un malheureux qui avait tout perdu par son naufrage.

Lord Campbell, en me tendant la main, me dit alors : « Monsieur Marasquin, vous n'aurez *rien* perdu ; l'Angleterre, je vous le jure, vous indemnisera. »

L'Angleterre a rempli les promesses du noble marin qui daigna écouter, peu de jours après son retour dans l'île de Kouparou, les nombreux et très sincères récits de mes émotions au milieu des singes. Il prit un si vif intérêt à mes vicissitudes de toutes sortes, qu'il m'engagea à les publier dans la forme sans prétention que je leur donne aujourd'hui; et je les publie moins par orgueil d'auteur, on peut m'en croire, que pour m'offrir en exemple aux infortunés qui seraient tentés de se laisser aller

au découragement et au désespoir s'ils faisaient comme moi naufrage dans une île peuplée de singes.

Du reste, je n'attends gloire et profit que de ma profession naturelle.

Grâce à la bonté de lord Campbell, qui me fit quelques avances de fonds, et à celle de ses officiers, dont la clientèle me fut plus que jamais acquise, je continue dans d'excellentes conditions, à Macao, mon commerce de bêtes féroces et privées.

Mettant le comble à ses bontés pour moi, lord Campbell a voulu qu'une des nombreuses îles de l'archipel de Soulou portât sur les dernières cartes géographiques de cette partie de l'Inde : *Ile Polydore Marasquin*.

J'ai donc aujourd'hui argent, prospérité, honneur; j'ajouterai même que j'ai trois enfants d'une femme qui m'adore.

Eh bien! le croirait-on? je me surprends parfois murmurant entre deux soupirs : « Ah! quand j'étais singe! »

FIN

TABLE DES MATIÈRES

FIN DE LA TABLE

Sceaux. — Imp. Charaire et fils.

www.ingramcontent.com/pod-product-compliance
Lightning Source LLC
LaVergne TN
LVHW020617110826
845149LV00002B/496

9782013559317